听蛙室笔记

诗想者书系

袁志坚 ◎ 著

长江出版传媒 | 长江文艺出版社

1

重复是悖论式的艺术语言。它否定了创造性，又强化了创造性。它对抗时间又试图记录时间。它试图让单调变得复杂。它让事物的意义得以展开，得以自明，得以实现新的可能性。

2

重复不一定是同义的反复，也可以达到反义的终点。

重复不一定是加强，还可以是减省。意义由此有余不尽。

3

何谓生动？开拓空间，或创造时间，才能为生命之动提供脱离物理的时空，赋予生命前所未有的形式。

4

有人为某种情状的不可控而自感是受害者、被剥夺者。反过来，也会为控制某种情状而成为施害者、剥夺者。诗人要警惕占有欲和破坏欲，尤其在自我与他者的关系迷失之际。

惯于作为一个受害者，是在自行消化恶果，是对恶的默许。惯于作为一个施害者，是对恶的恐惧，是被恶所吞噬。

自我发现，始于对他者的理解、同情、爱悯、接纳。由此，不会自居高地，也不会自陷深渊。

5

一个独立的人是匿名的，不因附加的身份符号、话语权力而异化自我，失去自我。

6

独裁者欲存于木乃伊，佛弟子想留下舍利，耶稣愿降生为受苦的人。

诗人希望诗歌不灭。诗歌是取代肉体的永恒存在，是向神明的最高言说。

7

独裁者独处时是害羞的，他的童年受到了暴力的压抑。独裁者在大众面前是亢奋的，他发出的咆哮来自幻听。他通过语言释放暴力，不，他摧毁了语言。

8

诗人不要试图对大众演讲，而应从自我对话中获得最终的宁静。

9

在一首抒情诗里听到嘈杂的声音，诗神就会抽身离去。

10

谁喜欢假扮天使？谁喜欢制造个人神话？一个既藐视社会现实又利用社会现实而写作的人，必将谎言作为目的。

11

在一些影片中，军装似乎是不怕脏的，甚至将军装的脏当作美。这似乎与受虐的快感有关，甚至与情色有关。军装中的迷彩装是这种迷惑性的最直接表达，脏是一种色彩之外的色彩。

从脏里面提取形式感，在暴力美学看来，是可以冒充艺术的。

12

形式感产生令人信以为真的错觉。

13

以艺术形式强加的道德规范，不仅不能形成道德的界限，反而凸显了不道德的诱惑。

14

大而无当的空间是填补空虚的无效形式。

15

以可见之物写不可见之物和超验世界，还是以可见之物的联系描绘一个局限的经验世界？前者或为真见，后者必为谬见。

16

什么可以满足语言？形象？宗教？能量？意义？……语言是永不满足的，它吸纳一切，消化一切，但它以诗为最高形式。所以，诗更是永不满足的。

17

一首诗何时换行？是在需要释放被囚禁的意义时，还是在需要把词语的重心提升或下降时？是为了换气调息，还是为了让声音颤抖？如果一首诗不需要换行了，它的最后一行就出现了，它就面临了死亡（或者开始涅槃）。之前的换行，都是在推迟死亡（或者继续孕育）。由此，一行又一行，激发出活力。

18

含糊的表达经不起翻译的考验。其实，写诗的过程也是翻译的过程，寻找语言的过程，用两种语言互相观照的过程——诗不得不借助语言来泅渡。

19

双语者写诗更善于精确地选择词语。双语者使用一种语言时，并没有关闭另一种语言的门，这使表达有了不自觉的参照。

20

堕落的美学总是表演性的，夸张、错乱、可笑，像小丑模仿英雄一般。

21

许多家庭的堂屋曾悬挂先人的标准照，也曾悬挂领袖的标准照。二者皆为世俗对宗教形式的攀附。

22

拍照犹如接受审判。

自拍犹如自我审判。

23

诗人通过自我审判来进行自我反抗、自我解放。

24

很多诗人有一个受挫的童年。由此而生的敏感、多疑，甚至痛楚、孤独伴随终身。诗人是上帝的孩子，而诗人又一直在成长，在渴求安宁、安慰，在渴求正心、正见，在渴求统一、完整，在渴求肯定、应验。

25

诗出自个人经验，小说出自他人经验。

26

诗人通过诗歌来体验生命，理解生命。由此诗人启发自己成长，并充满悲剧意识和孤独感。诗歌是诗人的自传式表达，是诗人的个人精神叙事，赋予诗人神秘的音乐性成长力量。

27

高贵的情感产生于独立而自由的个体之间。如同一件乐器与另一件乐器对话，既保持独自演奏的完美，又保持合奏的协同。最好的倾诉者也是最好的倾听者，在对话中，彼此找到了共同的另一个自我。这是基于信仰的理解之境界。

28

你可以与生者对话，也可以与死者对话，最终你是在与时间对话。

29

把上一首诗的最后一行作为下一首诗的开头一行，就是在复活逝去的时间，让一个灵魂开始新的漫游。从情感的断裂带实现这样的接续，需要伟大的张力，包括回忆与想象的融合、忏悔与祈祷的交织、绝望与解脱的转换。诗人在上升中需要对抗地心引力，不断卸去沉重过去的负载、肉身的负载，直到只剩下空灵的声音。

30

我喜欢整饬的形式，我也喜欢自由表达。兼顾二者，我的语速减缓了，更加注重经验了，更加注重表达的准确。这是进入中年以后对言说的敬重。

31

在熟悉的生活中感到困惑，这是个体在觉醒。没有简化生活，没有顺从外在价值和权力秩序，没有依靠越来越微弱的惯性而放弃求索。

32

在二元论的同质反复中，非善即恶、非此即彼，这不是智慧，而是简化世界，否定了人的复杂存在和自由本质。

33

过于抽象化、概念化的表达，并附加以激情的语气或权威的语气，就是意识形态话语，就是蛊惑、欺骗、暴力，就是使人心失去关联，使人与人之间失去信任和安全感。哲学话语应该与事实关联，形成逻辑的关联。诗歌话语应该与事物关联，形成形象的关联。

34

加入他人的狂笑，与加入他人的嚎叫同样可怕。

35

我想亲吻歌唱的嘴唇，也想亲吻哭泣的嘴唇；我想亲吻沉默的嘴唇，也想亲吻辩论的嘴唇。亲吻是化解语言的言说，是超越自我的言说。

36

语言用以辨识，但难以达到目的。语言的本质是概括性的，而个体的差异无穷无尽。

37

一个布道者倘若忽视个体的差异，则可能伤害个体。而一个受害者只有理解普遍的苦难才能修复内心的伤痛。

38

有时，个体自我定位为受害者，是逃避自我审判，或者是为了获得道德优越感。虚假的自我抚慰或麻木的自我保护并不能带来觉醒，这是一种消极的历史终结方式。

39

历史上，货币急剧贬值的年代，则道德松弛，人心软弱，权力体系开始崩溃，社会信任开始瓦解。这时，人格化的思想价值就会迅速争夺人们的头脑。思想价值往往需要一个人格主体，对此，诗人应有警惕之心。诗人的使命在于诗，而不是为了塑造什么高大的人格形象。

40

如果一首诗只是讲述个体沉湎于自我的感受，必然是不克制的、偏狭的。而另一首诗讲述出于个体视角的事实，则可能是开放的、客观的。读者不希望作者是上帝。

41

一个诗人可以假未来之名吗？一个诗人何以是预言者？

一种可能是，天才诗人与神有秘密协定，受神委托而言说人所未见者。

另一种可能是，受到迟来之惩罚的读者回想起了作为诅咒者之诗人的报复。

其实，诗人并不能预言什么。诗人只是见证了被隐瞒的事实，并在黑暗中见到了光。

42

有的诗人只是同别人的阴影对话。这样的诗人是盲从者，内心中缺乏自主的光明。

43

何谓历史虚无主义？是否定以历史为生命归宿吗？是提出重新书写历史的权利吗？是否定掌握现在并不等于掌握过去吗？是怀疑进步主义的最终必然性吗？尊重历史，辨识历史，是尊重生命并询问生命意义的一种自觉，也是把真实与虚假、荒谬与理性放在时间的天平上的一种旁观。个体虽然不能创造历史，但也不能脱离历史和遗忘历史，不能对历史讳莫如深，不能改变历史自身的编码。对历史"刷白"和"抹黑"是同样别有用心的欺骗与背叛。一个没有来历的社会将真正陷入虚无。

44

另外的世界，存在于他者的叙事中，也存在于自我的想象中；不仅可以存在于未来，也可以存在于过去。它成为自我与他者平等对话的空间。

45

在一首诗中，文字所呈现的部分是提出问题，而空白的部分则隐藏着对理解问题的应答。一首好诗能够提出问题，甚至提出复杂的问题、根本的问题，一首劣作则缺乏提问的能力和可以思考的价值。一首好诗的空白部分是包容的、开阔的，一首劣作的空白部分被呆滞的词句所堵塞、封闭。

46

不求知晓的且不求回报的善，没有形式感的善，没有受到教化的善，超越于任何形态与元素的善，来自生命本身的善，比那些有目的、有外延、作为信息的所谓"善"要有智慧得多。

任何恶行均可能自称其动机是良善的。带有目的之后，善就离恶不远了。

47

对绝对意义的追寻，导致了层出不穷的意识形态和层出不穷的历史灾难。

悲剧诞生于人与人之间的观念、思想、文化、宗教的差异与冲突。文明史伴随着暴力史。

放弃意义，人类终将绝望。找不到意义，人类一直痛苦。

48

魏晋中人，不与世事，不生嫌隙，喝酒谈玄，扪虱率性，悟求万物生机，游外弘内。虽然当代诗离不开当代语境也必须观照当代，但当代诗人不可回避魏晋诗歌处理现实的视角。

49

心无所滞，游刃有余，庖丁所打开的空间乃诗性空间、自由境界，而不是罅隙残余、仍在物中。

有的诗人从现实中逃离一会儿，喘息一会儿，诗里的空间狭小，气息短促，明显将现实压迫转移过来了。

50

形式主义代表了等级限制。文学的形式主义亦然。（与俄苏"形式主义"概念无涉。）

51

意识形态是排斥真实情感的。至为亲密的人们也会在意识形态的冲突中反目为仇，扼杀原本美好的情感。

意识形态所鼓动的是虚假的情感，它使主体异化，它毁坏人性。

52

为什么要相信未来呢？未来一定好过当下，或是未来才是可靠的吗？因为回不到过去的辉煌，又摆脱不了现实的桎梏，只好寄望于未来？未来并非公正的审判者和裁决者。当下的反抗更为重要，即使是保持弱者的沉默也高贵于助纣为虐的顺从。强者并非是文明的，历史的进程从来是曲折的，既要反求诸己，从传统中发掘价值和汲取力量，又要从现实中承担责任和确立自信，才能面向未来，大道中兴。片面强调相信未来而从当下逃逸，是一种谎言式的梦呓。

53

意识形态产生于人对人的支配与奴役，人对异己的排斥与敌视。

文学产生于人对人的理解与同情，人对他者的爱与召唤。

54

审美人生是有趣味的，而趣味无以言传，只可意会。近天性与自然，趣味则丰富。间接体验则减去不少趣味，如嚼别人嚼过的馍馍。如果按照社会秩序所规定的教条而生活，则人生趣味尽失，人性亦尽失矣！无趣之人，往往以道德家自居，而真正的道德存于天性与自然之中。审美的人生才具有合乎道德的基础。

55

一个诗人如果企图将个人经验转化为他人经验，必然使用陈词滥调。

56

人之为奴，即为他人经验之奴。

57

没有历时性，只有共时性，一切因果论的逻辑都不可信。没有共时性，只有历时性，一切自我的证悟都是向后的。

58

一首好诗，能让读者产生写诗的冲动。它是召唤的、启发的，而不仅是投射的、呼号的。

59

所谓灵感，是诗人与形式不期而遇，是主观世界与客观世界完美结合。

60

遇到以受害者或弱者的身份写出的所谓诗作，我会立即停止阅读。这种自我怜悯是煽情的、矫饰的，具有道德伪装和情感伪装，让读者陷入虚假的自大和自满。可悲的是，今日中国诗坛充斥了此类东西。如果具有一点反省能力和批判能力，便不会为其所迷惑。也许时代所匮乏的正是反省能力和批判能力。

61

诗人应该视个人的失败、悲痛、苦难为人类普遍的经历，从自我同情开始，力求理解世界且给予世界无私的爱。乐而不淫、哀而不伤是诗歌一直没有改变的精神。

62

一首诗是妥协的产物，在自我表达和寻求理解之间妥协，在迎合期待和遭遇误读之间妥协，在个性隐喻和公共语言之间妥协。作者与看不见的读者之间，不断互相侵入对方，又不断彼此妥协。任何一方放弃对方，都使一首诗的命运归于寂寞。

63

一首诗里写到的是乡土还是自然，二者截然不同。写到乡土，是留恋过去，而过去的景物只是一个幻象；或是留恋旧时代的价值观，而旧时代的人与他者的关系也只是一个幻象。写到自然，是一个与过去、现在及未来同时对话的过程，是指向自我的，不是停留于观念层面，而是在精神层面寻求永恒，超越世俗，超越现实空间和物理时间。写自然的诗歌是向光明飞翔的，写乡土的诗歌是向隐秘躲藏的。写自然的诗歌是形而上学的，写乡土的诗歌基本没有摆脱社会学意义。

T. S. 艾略特说："我认为诗中有两种乡土感情，一种乡土感情使其诗只能被有相同背景的人接受，而另一种乡土感情则可以被全世界的人接受，那就是但丁对佛罗伦萨的感情、莎士比亚对沃里克郡的感情、歌德对莱茵兰的感情、弗罗斯特对新英格兰的感情。"艾略特所说的第二种"乡土感情"，是投入生命的感情，是可以走得很远又很持久的感情，而不是偏狭而怯懦的感情。

64

那些在诗歌里怀念过去生活的人，本质上是乡土诗人，他们以为现在是迷误的，而过去是道德的。但乡土诗人并不放弃现在的生活方式，否则会返回过去的生活方式而不必怀念。个中矛盾表明，怀念有滥情、矫情之疑。

65

写到自然的诗人，如果向过去发问，即是寻求自我的本来面目，不随时间变化的、在任何环境中皆无分别的真相。天地玄黄，宇宙洪荒，日月盈昃，辰宿列张，诗人启开这样的对话，是在变化中看到不变。高山不变，流水不变，所有事物有着普遍的联系。

66

所有事物有着普遍的联系，佛经谓之"空无自性""缘起性空"。万物与佛一体，一切现象、本质皆为一体，空即是色，色即是空。

67

知音本难得，不必言人非。
自知亦不易，天命之谓性。

68

熟滑之笔，非由心也。是不自觉地重复别人的技巧，是不自觉地投机取巧。

69

诗歌是讲究的。诗人是讲究的。与其说诗的语言是准确的，不如说是真诚的；与其说诗的语言是公正的，不如说是自由的。诗的语言绝对不扭曲诗人的自我，"修辞立其诚，修其内则为诚，修其外则为巧言"。故作惊人之语，或曰过度修辞，是为了掩饰内在的苍白与虚弱。

70

生命力旺盛的诗人，不仅多产，而且诗作意象丰沛，情感饱满，精神通达。空洞无物、枯燥乏味、声嘶力竭，乃萎靡衰老之音，却自以为是，强词夺理。

71

一首好诗会展现丰富的细节，不管它使用多么概括、抽象、简短的语言，不管它的语言速度多么快，读者眼前会闪现细节的光芒。

这与书法上的"留得住墨"是一样的，不管书写多么快，线条多么简省，笔墨的丰富性仍纤毫毕现，五色纷呈，数意并包，力透纸背。

72

以实写虚，才可能展现丰富性。多用实词才能笔力足，笔力足才能求变化。词与词之间、句与句之间的动静变化能形成意趣、节奏、气韵。多用形容词、修饰语，则难以落到实处，难以结构文本，涣散无力，精神不振。

73

诗人选择语言，也是在确立主体，也是在用发现自我的方式观看世界、表述世界，在自我与世界之间聆听对话。找到自己的语言（声音）是不容易的，需要诗人剔除非我的观念、道德、知识等一切间接经验，回到澄澈的本心。诗人的声音，是孤独者的声音，而孤独即意味着剥除了一切外在属性，只剩下赤裸的人性。孤独者的声音显然是独一无二的、内在的、真诚的。

74

让事物本身显示言外之意，显然比"一语道破"更为智慧。

75

对细小的事物认真，将之等同于重大的事物，是诗人的品质。

76

诗人对语言的贡献是什么？可以是打破陈旧的语法规则和逻辑限制，可以是留下典故、成语和修辞术，可以是发现新的审美旨意，可以是开启新的文化语境……但至为重要的是释放人们的想象力，让人们感受到表达空间与生命空间一样是无边无际且有无限可能的。这样的诗人，不会以语言为外衣，而是以语言为翅膀。

77

对于常人而言，语词先于事物。对于诗人而言，应该反过来。如果能惊讶地发现事物，让语词回到它诞生之初，诗意就发出了光芒。

78

诗歌的音调，一定是歌唱的。即使是叙说的，即使是讽刺的，不论悲喜，一定有内在的音乐性。如果诗歌不是时间的艺术，何以反抗生命的虚幻？

79

诗歌的内在音乐性，是声响的鸣奏，更是气息的流动，带有身体的密码。修身，养气，培元，是中国诗人所理解的"诗外功夫"。

80

"贫穷而听见风声也是好的"，美国诗人罗伯特·勃莱的这句诗曾经在 1990 年代为很多中国诗人所熟记，并被安贫乐道的中国传统文化（混合了儒、释、道）所阐释。我这样理解这句诗：听风声不仅是自我解放，贫贱不移，追求自由，而且是审美人生，心闲气定，通达自然。欧阳修"诗穷而后工"之说，或许说的是诗人因穷而理解人情，因穷而回归自我，因穷而建立与外在世界的纯粹审美关系。何谓穷？穷，并非实指贫穷。穷意味着独。明确了主体性，才可能本真而悟，究天人之际，通古今之变，才可能豁达而鸣，震烁千古，启发蒙昧。何谓工？杜甫言"晚节渐于诗律细"，在语言上，工拙、精芜、细粗之别，与修炼有关，炼字实则炼身、炼心，各种经验融于身心，文字音律必须精准才能尽量表达出复杂丰富的感受。赵翼《题元遗山集》："国家不幸诗人幸，赋到沧桑句便工。"大意与杜甫接近，非独特的语言不能写出深沉邃密的内心世界。苏轼赠诗释仲殊曰："秀语出寒饿，身穷诗乃亨。"困，亨也；亨，通也。穷则变，变则通。诗的力量，是与自然通，与鬼神通，与存在通。坡公又云"言有尽而意无穷"，通则无穷。言外之意、声外之韵，它境别趣，幽远玄妙。语言打开的是通往无穷之门。

81

诗如果只剩下抽象的价值，马上失去诗意。

82

与现实保持多少距离，词和词之间就有多少空白。

空白是活的空间，而不是僵死的白垩，而不是无关的断裂，而不是绝对的无。

83

旅途总是将一个人真实而自我忽视的一面诱导出来。把现实当作旅途，你所发现的不仅是风景。

84

现实的困境来自你对生命的理解。需要警惕的是，总有人利用你的困境，让急于逃脱的你在失去辨别的时候进入新的困境。摆脱它，首先要卸除他者经验。

85

诗人在人性上的独立表现在语言上。不使用陈词滥调，重复他人的语言意味着谄媚。为了明白地表达自己独特的体验、想象、情感，甚至可以忘记读者，忘记技巧，忘记语言。

86

诗人理解一个事物，必然区别于他人之前对于这一事物的理解，不仅没有共同点，而且理解的方式也是不同的。这样或许才能引起他人对事物的关注，引起关注比引起共鸣更具有诗性的魅力。

87

我更倾向于诗歌让人平静而不是让人激动。写作时也是这样，我更倾向于在激动之后平静下来写作。维特根斯坦在札记中写下："一切智慧都是冷静的。"艾略特在《传统与个人才能》中说："诗不是放纵感情，而是逃避感情。"

88

无论一首诗如何晦涩，诗人设置了多少私人化的密码，这首诗都是开放的、民主的、智性的。而反智性的话语则是封闭的、独裁的、强迫的，虽然看起来也许是大众的、通俗的、比喻的。

89

强调诗人独特、个性的体验，是指一首诗应始于此而绝非止于此。诗人从独特、个性的体验出发，试图理解他人和世界，而不是将其强加于他人和世界。这是一种对话和召唤的能力。好诗能够"引人入胜"，进入一个犹如初次发现的胜地，让人审视和怀疑过往的经验，在新的空间里探究奇迹。

90

有的诗人始终在复述，始终在表达同一个事物、同一个主题。这样的写作是慎重的，也是深入的；是困难的，也是秘密的。

91

我厌恶两种自欺式写法：一种是简化现实，模糊事物的界限和联系，企图制造"少即是多""计白当黑"的效果，其实空洞浅白、故弄玄虚。另一种是故作高深，设障眼法，用牵强的搭配、繁乱的饶舌来掩饰言之无物、思之不觉，以为自己设置了语言的迷宫，把诗艺视为弱智的语言游戏。此二者，是某种意义上的惑、业。

92

一首诗应成为一座桥梁，而不是一堵高墙。

93

所谓"隔"，从作者而言，如果心里是一团迷雾，不可以为笔下就是朦胧；如果文本是一堆乱码，不可以为笔下就是晦涩；如果审美是一片错乱，不可以为笔下就是"陌生化"。诗无达诂，首先要求"不隔"，无论形式如何复杂，最终均别开生面，通情达理。

94

千万不要相信诗艺进化论。譬如，某某说"你的写法过时了"，某某说"当代汉语诗歌的成就超过现代文学史上的经典不知多少了"，某某说"新的潮流总会取代旧的潮流，跟不上潮流的写作没有文学史价值"……严肃的写作者是坚持独立写作的，不受流俗时风影响，甚至必与之抗衡，剔除功利性的杂念。看看千城一面的新式建筑吧，粗鄙，自大，很快便失去时髦而显得俗气。而王澍在建造宁波博物馆时，使用的是被其他建筑师废弃的旧材料（从旧城改造工地上搜集来的碎砖散瓦），语言特征无比鲜明，在留住传统的同时展示出独特的现代风格。难道王澍建造的不是新建筑吗？当代诗歌一窝蜂标新立异、各创"主义"的现象，反映了"创新恐惧症"的流行。并不是诗人的使命提出了新的要求，并不是语言提出了新的要求，并不是诗歌提出了新的要求，而是人性的污浊破坏了诗界的生态，产生了新的语言暴力和话语暴力。

95

想象的疆域大于思想，呈现的力量大于议论。

96

思想需要精炼，想象并非涣散。想象的合理性决定了思想的真实性。

97

叙述面对最多数的对象。议论面对最少数的对象。

98

一首诗应该超越价值判断。这并不等于它是反价值判断的。

99

诗的深层言说对象，没有自我与他人之分，没有熟人与陌生人之分，没有生者与死者之分，没有俗人与上帝之分。诗的言说是对人类的永恒言说。

——再读陈子昂《登幽州台歌》："前不见古人，后不见来者。念天地之悠悠，独怆然而涕下！"

100

语言的亲和力与新奇度，叠合的部分越多，越接近于一首杰作。

101

诗歌无力改变现实和诗人的命运，但它反抗专制与罪诱，辩驳谎言与谤议，以至柔至弱之力推开世界之门。没有诗歌，诗人更加无力。

102

一首诗有硬而厚的外壳，里面要么是软的，要么是空的。

103

流于小情绪、小感悟的即兴之作是草率粗疏的。写作需要控制，而控制力来自长时间的习得，从一个工匠到一个艺术家必须经过习得的过程。精致来自控制力，粗犷也来自控制力，精致需要深刻，粗犷需要大器。

104

如果有人说一首诗的最后一行可以删去，基本上等于否定了整首诗。对于一首诗而言，最后一行犹如婴儿呱呱坠地之时的那根脐带。它标志着分开和完成，从孕育中的胚胎到独立的生命，从语言的母腹到无限的世界。

105

作者永远不能要求读者体验到你写作时的感受与表达方式。没有任何人具有和别人同样的经验。虽然如此，反问这个问题，会让写作变得更加慎重。最好的方式就是完整地、不加掩饰地表达自我。诗歌的可感性，是写作时最值得挑战的难度。而作为读者，如果假设自己是作者并尽量体验作者写作时的感受，当然有益于阅读。

106

缺乏经验之诗，并非天真之诗。

缺乏天真之诗，并非经验之诗。

107

抒情会远离智慧吗？智慧是冷静的吗？

东坡居士在《秋阳赋》里批判了"吾侪小人，轻愠易喜"，非身履则谈何真知也？

克制地抒情，即使是赞美（如坡公所比方之颂秋阳之德者）也应无逾本心，也应留有余地。

108

诗，致力于感通，而不是为了说服。

109

感通始于动心的情感触发，止于会心的智性交流。

110

语言贫乏的号哭，感染力远不及充满诉说的低泣，尤其是这诉说使用的是隐秘的语言。

111

裸露的不一定是直观的。真理是裸露的，但不是直观的。

112

有的诗歌研究者用量化研究的方法考察当代诗歌的题材、语义、语境、生产机制以及其他各个方面，试图揭示诗歌写作的奥秘。这些研究，对于诗人的写作毫无价值。诗歌写作是无法量化的，只有在写的过程中才有奇迹发生。写作，而不是记录、计算。让想象力处于飞翔之中，飞翔之中能看到更多事物。

113

回到事物，回到事物最初的存在，回到事物最完整的存在。"意在物中"，美国诗人威廉·卡洛斯·威廉斯的这一主张为我所认同。事物的奥秘远比一个人狭隘的观念要丰富、深刻、新奇。胡塞尔之"现象学的还原"，强调"直观"，也是为了消除人的经验性偏见而于当下恢复直接性感受力，或者说回到先验而打破蒙蔽。中国文化观念之"齐物"，即确立物的自在、物的真实，如此才可以打破物我之间的障碍。

114

诗人必须破除所有内心的依赖，包括对语言的依赖、对意义的依赖，才能进入自由的境界，写出澄明之作、鲜活之作。诗人要打破自我依赖。

115

我对诗人写作"不惑"并自以为"不惑"是反感的。不被迷惑，不受诱惑，并不意味着成就个人。只有在怀疑和自我怀疑中，个人才能走向自洽。个人的成长是困难的，诗人是天生的质疑者、批判者，也是天生的提问者、探寻者，不可能"不惑"，只会不断体验新的可能性。"不惑"并不是智慧的代名词，更不是激情的代名词。克尔凯郭尔说"信仰是一种激情"，我认为信仰也是一种智慧。诗人需要信仰，因为诗人是求真的，所以质疑，批判，提问，探寻。

116

语言不是诗的工具，诗也不是语言的工具。

选择什么样的生活，感受什么样的生活，语言就会表现出来。

语言是不会撒谎的。诗也是不会撒谎的。

语言和诗都不需要工具。不需要形而上的逻辑和理性。

117

诗之感通，对象于诗人理想中的自我、无利害关系的任何个体、上帝、自然物。

118

语言、文体，都是不会过时的。反过来，是我们对语言、形式产生了疏离感、违和感，是我们丧失了对事物的感觉，是我们将精神领域和语言领域分隔了。

119

诗的想象，以感性和智性为平衡，二者联为双翼而飞。

120

如果你对自己的写作是否"过时"产生疑问，请始终关注终极追寻，即超越过去、当下、未来的意义探寻。人类永远对终极问题进行思考、确认，以永恒代替无限，以自由代替局限，以诗性代替世俗。施勒格尔说过，装腔作势乃对过时的恐惧而致。

121

个人情绪经常通过修辞伪装成强烈的情感，然而这种伪装太容易识破了。越是强烈的情感越是克制，不需要用两个以上的形容词修饰一个名词。只有在沉思过后，情感才是稳定的、深刻的，包含着对事件及其细节的叙述和诉说，而不是空洞感叹和拉高声调。

122

要警惕伪装。譬如，把虚拟的心相伪装作客观的物体，把观念伪装作知识，把议论伪装作情感，把语言伪装作真理。甚至，诗人伪装作上帝。

123

自我悲情是一种拒绝反思而向人谄媚的小把戏。一个假装哭泣的孩子，往往捂着眼睛从指缝间察言观色，寻找下台阶的机会。

124

在诗歌里加入引语，加入他者的语调，诗人的这种分身术暴露出其不只有单一的秘密、愿望，并将开始选择与对话，激活诗人的探险之旅。但也有可能是一种内心苍白的表现：这样的写作者非常需要掩饰自己，他只是一个转述者，并且没话找话。

125

布罗茨基在《小于一》（黄灿然译）中评价奥登时说："人类对不成熟的依恋，其背后的真实故事要可悲得多。这与人不愿意了解死亡无关，而与人不想了解生命有关。然而，天真是最不可能自然地持续的东西。这就是为什么诗人——尤其是那些长寿的诗人——必须被整体地阅读，而不是只读选集。必须得有一个终结，开始才会有意义。因为与小说家不同，诗人给我们讲的是整个故事：不仅是就他们的实际经验和情绪而言，而且——这才是与我们最有关的——是就语言本身而言，就他们最后选择的词语而言。"

钱穆说："陶、杜、李、王四人，林黛玉叫我们最好每人选他们一百、两百首诗来读，这是很好的意见。但我主张读全集。又要深入分年读。"

钱穆还单独说到了读杜："我们读杜诗，最好是分年读。"

"我们该拿他全部的诗，配合他全部的人生背景，才能了解他的诗究竟好在哪里。""把自己全部的人生融入其作品中，这正是杜诗伟大的地方。"

哈佛大学教授宇文所安花了 8 年时间翻译了杜甫的诗。他从杜甫的全集中发现了一个丰富的杜甫："他的作品只有一个方面可以从整体强调而不致被曲解，这就是它的复杂多样。"（《盛唐诗》）宇文所安曾在接受记者采访时说："翻译杜甫诗全集的原因之一就是为了向读者展示他的多元性，让读者因其多元性而喜欢他，关于那些针对社会问题的诗作只是他的一部分。"他认为，杜甫最好的诗作常常是将世俗体验与伦理及宏观世界联系在一起，但他从来不是一个道德家，他只是通过自己看到的世界来发现道德。"杜甫无处不在的嘲讽和幽默，加之其非常人性化的偏执，相比那些道貌岸然的人而言，树立了一个更好的'儒家'形象。"

对于自己喜欢的诗人，读全集是有必要的。读诗并不只是读文本、读语言，而且要读出文本的互文性、语言的复调性，读出一个人的生命，读出诗人的精神、风格和诗所包含的人类精神结构。

2012 年，我曾对董继平说，希望更多地读到他所翻译的某个诗人的全集，而不是像以前满足于读一些分国别、分流派、分时代的选集。汪剑钊翻译过曼德尔斯塔姆等俄国诗人的全集，值得敬佩，虽然对于译者来说翻译全集似乎"吃力不讨好"，但对于有心的读者而言，读全集非常必要。

126

何谓真？诗人不回避自己的疑惑、矛盾、痛苦、肤浅、无知，不自欺式地以为获得了淡泊、宁静、澄明、空无、圆满，而是直面自己，接纳万有，正视所必须看的，聆听所必须听的，说出所必须说的，剥离外在的保护色，袒露内在的自知心，不求一时之安，倾注由来之情，乃得动人之真。

127

诗人说："我的灵魂属于自己，我的秘密属于所有人。"

128

内心有矛盾，反而可能扩大文本的复杂性。

所以，我不太喜欢箴言体文本，不喜欢频频出现的警句。过度的概括往往失去一首诗中情感的个人性，也容易失去一首诗中语言的丰富性。

所谓思想，是从矛盾中展开的。诗，也是从矛盾中展开的。

129

诗人不知道自己的下一个问题是什么，因此不知道下一首诗将要写什么。

下一个问题可能是一个全新的问题，也可能是上一个问题没有解决的部分。一个问题总是引出另一个问题，一首诗总是引出另一首诗，一个句子总是推动另一个句子，一个词总是推动另一个词。

130

和抒情一样，叙事也是讲究节奏的。

可惜当今讲究节奏的诗人太少。

这和浮躁的时风有关，写作者以为加入了流行的合唱就会减轻内心的孤独。其实，孤独才会听到内心的节奏，譬如弗罗斯特所说的"意念之声"（sense of sound）。

131

读诗也是阅读自己。把自己放进去，阅读就有了人格主体。

重读一首诗，并且获得新的感受，其实是改变了自己，为人格主体注入了新的生命力。

132

王家新多年前写了一本论诗的小册子，名为"人和世界的相遇"。诗，确实是内在世界与外在世界的相遇，包括内在与外在的冲突、内在与外在的和解，以及其中深入的对话。

133

有一些人认为我的诗过时了：停留于1980年代的启蒙色彩和理想意义，对现实抱有期望，题材具体，语言不够玄虚，缺乏消解力，云云。他们都以为自己是紧跟潮流的先锋写作者。我宁愿保持"过时"的想法，因为我还在寻找，虽然我可能落在后面，前方在哪里，我仍需借助上帝之光。

也许我的上帝也是孤独的，也许他只是我一个人的上帝。我相信他在等候我，在我找不到方向时，他会照亮我的言说之道。

134

诗，是为了解放自我，而不是囚禁自己。诗人不应是自我的独裁者，诗人与自我的对话是民主的，在疑问与应答中，获得抚慰灵魂的力量。而自我的独裁者使用的语言是暴力的，是判词、命令、反诘、恶讽、诅咒、嚎叫，将自我变成了集中营，变成了地狱。

135

写下去！写是一个动词。写，本身就是创造意义。写诗是一个不停止的过程，是诗人的命运担当。

136

"在灰色的怀疑和黑色的绝望中/我起草献给大地和空气的赞美诗，/假装快乐，尽管我缺乏快乐。"米沃什告诉我们：赞美是诗的终极。

"赞美这残缺的世界/和一只画眉掉下的灰色羽毛，/和那游离、消失又重返的/柔光。"扎加耶夫斯基告诉我们，"要寻找光明，但永远不要忘记黑暗。"

赞美是诗最能打动人心的力量。不论有多大的悲恸，长歌当哭，是更好的方式。以独特的个体感受，以真实的处境体察，真诚而由衷地赞美，是诗人的担当。

137

呈现，而不是评判；审美，而不是教化。——由此掘进诗的深度。

138

简化现实、简化语言的行为是对诗的亵渎，是意识形态暴力。简洁，绝不等于简化。简洁是"绘事后素"，删繁去奢，没有多余的矫揉、虚饰。简化，则是抽离了本质，以致无迹可寻，无源可探，大而化之，零而散之。

139

诗歌致力于清除假象而抵达真实。真实是确切的存在。生是真实的，死是真实的，但没有人已经把握生，把握死。所有人都在努力体验生，体验死。诗歌的使命是探索生死的秘密，剥离意识形态的束缚，让生死的意义通过存在来言说，赋予言说以自由的诗性。那些自以为了解生死、看透生死的人，其实被假象所蒙蔽，失去了想象力。抵达真实，恰恰需要想象力。

140

诗人害怕被时间所遗忘。诗人是非线性时间的穿越者。

141

诗人总是在寻找唯一的意象、唯一的词语、唯一的语气，然而总是在其中追求普遍的意义。诗的语言是凝练的、严谨的、吝啬的，然而诗人的爱是无限的、自由的、毫不吝啬的。

142

诗的真实在于造境，让人身临其境：一个心灵的场所，一个诗人所期待的世界，一个突破语言极限、现实困境的秘密空间。古人释"境"为"无竟"。

诗所造之境，既令我们陌生，也令我们熟悉，亦真亦幻。令我们陌生，首先是由于诗歌语言与日常语言的差异所表现出的新奇，以及与日常语言的对抗所表现出的张力；令我们熟悉，是由于在诗歌语言中存在我们的容身之所，让我们从被漠视、被压抑甚至被扭曲的状态中发现生命真实，回到存在本身。

143

近年，我多写日常生活，从真实境况出发，从个人性出发，力求发现隐藏于具体事物、个体情感中的差异，从差异中力求发现活生生的诗意。检视所作，最担心的是滑入世俗而不自知，格调平平而难超拔。老友张执浩提出"目击成诗，脱口而出"，他的创作和理论对我有启示。张执浩也是近取诸身，却有"万物皆备于我"的气象，所以，主体性十足，指向"乐莫大焉"的终极安慰。他所说的"目击"即"反身"，他所说的"脱口而出"即"心口一致"。我是用孟子的思想来理解"目击成诗，脱口而出"的。《孟子·尽心上》："万物皆备于我矣。反身而诚，乐莫大焉；强恕而行，求仁莫近焉。"何谓万物皆备于我？张执浩的看法是："不是你在写诗，是诗在写你。不管你写不写，诗就在那里。"这个看法就是天人合一的思想，天命万物皆备于我，天命谓之性。或可把"目击成诗，脱口而出"定义为汉语新诗的"性灵论"。

144

油腔滑调比陈词滥调更恶俗。

145

"虚步蹑太清""俯视洛阳川"是李白的视角，但并不等于凌虚蹈空，因为他看到的是"流血涂野草，豺狼尽冠缨"。"所愧为人父""抚迹犹酸辛"是杜甫的遭遇，但并不止于个人悲剧，他忧国愤世，由己及人，故而"忧端齐终南""放歌破愁绝"。诗歌里的现实主义并不拒斥想象、幻象，诗歌里的浪漫主义也并不拒斥经验、经历。阔大、高远、兼容、充沛之诗，突破了情、思的局限性。情至深处，解放感官与语言；思至明白，穿透人生及宇宙。这样的诗即使沉郁仍有飞跃性，即使哀苦仍有歌唱性，格调和精神卓尔不俗。

146

沈佺期的"可怜闺里月，长在汉家营"，与陈陶的"可怜无定河边骨，犹是春闺梦里人"，均为凸显距离与冲突的合理想象，前者幽婉绵长，后者对比鲜明。前者诗意尤胜一筹，不惟陈述事实，而且融合情景，意象互涉，虚实相生。呈现而不是概括，所产生的力量更加直接、撼动人心。

147

为什么呈现比判断更能深层次影响读者？接受美学认为，读者的主体性需要得到作者的尊重。开放的文本，能留下具有魅力的不确定性和空白，激发读者的审美想象，实现读者的自我在场。

148

诗人如果强化一个意象，应该经历了足够自省而达到自足的时刻。是让这个意象自显，比如"田纳西州的坛子"，而不是由于迟疑而饶舌，由于掩饰而夸张。

149

诗歌语言的暗示性，不是对读者的引诱，而是对读者的信任。

150

诗歌里，词是创造物，或者说词创造了物。读杜诗《醉时歌》，"清夜沉沉动春酌，灯前细雨檐花落"，甚觉其妙。檐前雨、灯下花，幻化而为灯前雨、檐头花，恍恍惚惚，是春酌之后的沉醉，灯前雨、檐头花便是诗人创造出的物象、情境。诗歌语言真乃创造性语言也，从虚中创造出实，从实中创造出虚，虚虚实实，真真幻幻。

151

我看见，我写诗。我听见，我写诗。写诗即自我发现，有时我从看见的事物中发现了诗，有时我把听到的声音联结成诗。听见的诗和看见的诗都赋予生命以形象。

诗塑造了诗人。

我的诗是我的自画像，是历时性的精神记录。不管我的想象如何"出走"，最终我在诗里返回自身。

152

不露痕迹，并不等于平白、浅显，而是既符合语言和音律的逻辑，又有言外之意、弦外之音。在诗里，无论怎样使用隐喻，化入典故，嵌进特定的结构，转换不同的视角，无论怎样节制语言，设置密码，留下空白，都是为了让诗人"退隐"到内在的神秘世界，获得自由自在。不露痕迹，是就诗人自己而言的这种自由自在，是释放而不是隐瞒，是让表达更无顾忌而不是言不达意。

153

不露痕迹，是值得细读，既可读又耐读。

有的人自以为写得新奇殊异，其实不是什么刻上个人痕迹的问题了，而是自筑高墙，自我囚禁。

154

马丁·海德格尔说："只有努力超出有待思考的思想进行思考，这种彻底思考才具有一个自由活动的空间，才不至于陷于自身不能自拔。"彻底思考始于对自我的怀疑乃至否定。把新诗称为"自由诗"，不惟指形式上自由，而且是在诗性建构、思之自由空间建构上突破自我，创造生机。

155

重复书写与反复书写是迥异的。有的人写诗属于重复书写，重复别人自不必说（那本来就是虚假的言说），重复自己也是可怕的，语言形式程式化和诗歌观念套上条条框框，扼杀了诗歌的生命。而反复书写则是一个诗人对同一主题从不同向度的切入，正如一颗钻石切割面越多越闪耀。反复书写体现了一个诗人写作的创造力，使同一主题呈现出更加丰富、深邃的意义，并且每一首诗又具有独特、神秘的可感性。

156

米沃什在《礼物》一诗中写道："任何我曾遭受的不幸，我都已忘记/想到故我今我同为一人并不使我难为情。"（西川译）

这是劫波度尽之后的心无挂碍、返璞归真，是难以企及的人生境界。其实诗人应敏感地体察故我今我的差异，将故我今我之间暗流涌动的情状凝于笔端，跃于纸上。真要是故我今我同为一人，已经穿透了时空，接近于永恒，也就不必言说了。

157

诗人以不言或"无"的言说为至高境界，却又不得不求助于语言。

语言不能代替真理，语言只是禅宗所喻的"电光石火"，照亮一瞬之感悟。

158

只有深入孤独且免于被遗弃的恐惧，才能体验到自由。

159

完整的人生中，体会孤独不可缺少。没有孤独感，便没有经历人生。

160

"无"的言说，保持了对荒诞世界的否定，保持了对独立尊严的坚定，它不是对缺陷和无常的忍耐，而是对圆满和无限的期待。

161

每一首诗都有自己独特的形式。为了"风格"而写，写的不是诗。每一首诗都有不同的倾诉对象，这决定了形式的差异性。"风格"是评论者的自说自话，评论者只是借助诗人的作品来阐释个人的文学主张。

162

每一首诗都是从自我对话开始，然后向人叙说、倾诉、提问、喟叹，让人关注、思考、回应诗人的问题，让诗见证世界，让世界内化而成为诗的一部分。诗人用语言转化物质世界的过程，也是改造精神世界的过程。

163

有套路的写作是投机取巧的。谁以为找到了语言的捷径，谁就走到了语言之外。

164

我的部分诗歌被认为语言晦涩，而我只是主张世界无所不包，无物不可入诗，甚至抽象名词亦可为意象而已。我不选择读者，不预设读者，不迁就读者，不特意为读者设置障碍。如果因此祛除所谓的"晦涩"，表达反而失去了真实和准确。

有意使用晦涩的语言，通常是对读者的预设。有的诗人认为知音不在多，曲高和寡是也。拒斥对大众文化的服从，有意抛弃大众语言，是为预设的知音留下彼此沟通的暗语。

诗歌语言再口语化，也不是口语。言浅意深、言近旨远的佳作，使用的绝非口语，而是提纯之后的语言。

口语化的诗不一定易懂，同样可以晦涩。

另外，一个诗人可能不止一副笔墨，如倡导新乐府主义、诗歌语言追求通俗明白的白居易，其作《长恨歌》《琵琶行》却流丽、文雅。

165

准确性：诗歌中语词的责任。建立在自由的信条之上。

为了忠实于世界，达到准确性，需要反复否定、选择、求证、融合。

这绝不是所谓的"炼字"，而是确立诗歌与世界的关系。是本质的真诚。

166

不要自视"诗人"为社会角色。诗人应回到人本身。强调"诗人"的身份定位、角色扮演，与强调其他附着于话语权力的世俗身份是同样愚蠢的。强调"诗人"身份的人其实不是诗人，只是满足自己对诗人的想象快感和模仿欲望。

167

诗歌传播过于借助于传媒，很可能导致大众对诗歌的误解。因为这种媚俗的行为很容易将诗歌变成消费品，将诗歌阅读变成娱乐，将诗人变成拙劣的语言表演者甚至是行为表演者（而诗歌谈不上是语言艺术，更谈不上是行为艺术）。

168

诗歌传播的社交化，容易使诗人产生自我满足的幻觉，心智被周围虚假的称赞和附议所蒙蔽。再次提醒：写诗是孤独的事业。写诗必须淡出他者的视野，回到自我追问的起点。

169

不可否认，当代诗歌越来越媒介化。媒介特别是互联网构建了"诗歌环境"，受众因此来理解诗歌和诗歌价值。媒介也乐于充当受众的诗歌向导。问题是，越来越功利化的媒介将诗歌降格为技术社会、消费社会中符号权力的变现之物，不时迎合大众的欲望宣泄需要。诗歌的媒介化导致了本雅明所说的"机械复制"——很多人写诗形成了"套路"——艺术降格为非自主的技术。这些人其实深受媒介向导的影响，失去了对诗歌和诗歌价值的判断能力。

170

媒介通常用制造明星、制造神话的方式来制造受众，制造注意力。可惜的是，当代诗坛的诗歌事件层出不穷，落下许多笑柄。因为每一个诗歌明星的诞生，每一个诗歌神话的诞生，其实都是诗坛与媒介的合谋，掺杂的都是非诗因素。受众一次次关注了某些诗人、某些诗作，也一次次从整体上误解了诗歌。

171

读诗非平常心不可。

172

一些诗歌写作者妄图通过吸引媒介关注来参与书写诗歌史，另一些诗歌写作者妄图通过吸引诗歌评论家关注来参与书写诗歌史，给自己贴标签者有之，与他人交换世俗利益者有之，标新立异者有之，拉帮结派者有之。"诗歌环境"之纷乱嘈杂，委实不堪。失去真诚，违背本心，何以为诗、立人，何以被历史书写？唯有牺牲、忘我，献身缪斯，才能建立诗歌信仰，为诗神所垂青。

173

牺牲、忘我绝不是自我毁灭，恰恰是自我完善、自我解放、自我救赎。

174

诗人总有一颗羞愧之心。面对生命的高贵与星空的无垠。面对言语的匮乏与个体的宿命。

175

诗歌的古典性是向经验的妥协，诗歌的现代性是对超验的服从。

176

在一首诗内部，古典性与现代性的交集，是一种公约数。由于这种张力，不同读者都可以从不同方面实现对诗歌的部分期待，所谓雅俗共赏也。

177

诗歌价值是普遍的，个人经验是独特的。

现实是普遍的，超现实是独特的。

语言是普遍的，声音是独特的。

178

越是简洁的、准确的语言，越是深奥的、内在的。

179

诗人和读者的唯一联系是诗。

而不是名气、写作宣言、社会活动、社交媒体、奖项、体制。

180

离开经验等于弃绝责任。

诗的语言无法脱离诗人的个人经验。

181

法国语言学家、结构主义者茱莉亚·克里斯蒂娃说："每个文本都是对其他文本的吸收和转换。"的确，文本是互文性的，文本之间存在对话关系。她还认为，文本不仅包括作者文本和读者文本，还包括当下与历史文化文本。虽然文本受到共时文本的制约和历时文本的影响，但文本的创造性在于它的诞生处于复杂的文本系统之中。每个诗人所建立的文本坐标是不同的，在写这首诗与那首诗时所吸纳和转化的其他文本也是不同的。因此，总有新的意义诞生，诗歌总能创造新的奇迹和无限的可能性。

182

诗的及物性，应该是诗与物的交流，即诗歌文本如何处理现实和历史文本。

诗与物的交流，是物处于敞开、鲜活、明亮的本来状态，诗与物之间不隔断更不对立。

诗与物的交流，是对意识形态写作的彻底摒弃、拒绝。

183

诗歌隐藏着自己的秘密。正是由于诗无达诂，诗歌的秘密难以完全揭示，所以诗歌永远有生命力。

这不是诗对读者的拒绝，而是对读者的承诺：保守秘密。

184

诗歌的秘密隐藏在哪里？茱莉亚·克里斯蒂娃说："存在于语言的裂缝和韵律中"，"通过符号和文本间的广阔空间和视野，作者可以自由地来回游戏于符号和文本间的结构的夹缝中，创造出各种适合于创作理念的新意义"。

185

诗歌的秘密隐藏在哪里？美国哲学家、符号学家苏珊·朗格认为，存在于"人类情感符号形式的创造"中。请注意，是人类的情感表达，而不是个人的情绪宣泄。"活"的艺术，意味着"生命性质"的艺术，有节奏的、生长的艺术，非推理的、情感充足的艺术。艺术家的情感想象不是自身的情感状态，而是对"内在生命"的理解，即超越个人的升华了的情感表达。

186

诗歌的秘密隐藏在哪里？徐志摩应该是认同苏珊·朗格的。他说："写我们有价值的经验，不是关于各个人的价值，应该把它客观化——就是由我写出来，别人看了也要有同情的感动。"怎么写呢？徐志摩说："一首诗的秘密也就是它的内含的音节的匀整与流动"，"诗的灵魂是音乐的"。我理解，音乐性是内心的律动，是抽象的内在生命情感，是语言中的语言，是语言所不能实指的符号形式。

187

写作者经常这么想：自己的写作是富有新意的，超越前人的，将成为新经典。

阅读者经常这么看：和前人的经典相比，当代诗越是标新立异越是浮浅粗陋。

写作者经常这么想：当代生活转换太快，需要新的文体革命、新的意义生成。

阅读者经常这么看：当代诗越是看上去时髦奇特，越是松散无神，不甚了了。

求新也是求深、求真。不惟写现代诗如此，就是古人写格律诗也如此。不惟体现于处理新的题材上，更体现于处理前人面对过的同类题材上，既承接人类的共同经验，又有新的反思、新的发现，揭示新的秘密、新的真理。当然，这实在太难做到，当代诗既需要关注当下现实生活的变动，又需要拨开表象重新审视人与世界的关系，重新思考诗意与存在的关系。如果停留于捕捉细节或者陈述时事，停留于发泄情绪或者制造幻觉，写作就是非自主性的，不可能找到新的语言。具有批判性是一种品格，也是一种能力。也许，诗歌的秘密隐藏在突破人类审美价值、思想价值的局限性的过程中，隐藏在完成前人所未完成的写作的过程中。它是有源头的、接通过去的，又是发展的、向未来延伸的。

188

我一直反对"某某写法过时了"之类说法，是因为我认为诗人必须接通传统，而且每一个所认同的诗歌传统都可以是多源头的。因此，每一个诗人都可以有不同的诗歌时间。

当然，诗歌时间与现实时间有交汇，因为诗歌文本的语境既离不开历史文本也离不开现实文本。这是诗人反思传统的一个重要视角。

189

关于诗歌的反讽艺术，可以借鉴苏珊·朗格的一句话："人类情感结构的本身就是嘲弄的，所以嘲弄是诗歌重要的手法。"

关于诗歌的反讽艺术，可以借鉴弗罗斯特的一句话："说反话——在诗中跟亲近的人说反话，他们知道你在说什么。"

自我嘲弄的能力，或者和亲近的人互相嘲弄的能力，体现一种达观、善意。

关于诗歌的反讽艺术，1972年诺贝尔文学奖得主、德国小说家亨利希·伯尔说，在琼·保罗的诗歌里，"幽默作为一种隐蔽的抵抗阵地，已经被忽视了"，这是文学批评的失职。

施勒格尔说："在反讽中，一切都应当是诙谐，一切都应当是严肃，一切都坦白公开、肝胆相照，一切又都伪装得很深。"

反讽是严肃而不是怪诞的，是理性而不是油滑的，是积极而不是消极的，体现为诗歌介入现实、介入生命尊严的责任和正义，体现为超越世界、超越自己的机智与热情。

190

有人谬赞我的诗是一个知识分子的内心独白，也有人提醒我慎用知识性名词。我反复想过，他们的观点并无冲突，均值得我理解。叶芝曾说过："与人争论，我们用修辞；与己争论，我们用诗歌。"一个知识者的自我争论、自我诘问，可能一时未摆脱概念，但概念可能通向真理的反面；可能一时用修辞作辩术，但修辞无法说服任何一个身份的自我；而诗歌不是推理，也不是解释，不需要大声演讲，也不可能无声计算，诗歌只是发现、揭示，自我质疑、自我体悟、自我和解。所以诗歌的语言应该是元语言、真语言、独立自治的语言，即使节制地借用到专业术语和抽象名词，其意义应是未被压抑、控制、曲解的。即使是自我独白或对白，诗歌也不是教条，不是姿态，而是内省，而是解放。

191

所谓不及物的诗，是脱离真实存在的诗，是用概念取代了形象的诗，是过度抽象而失去智性的诗。

192

弗罗斯特的诗歌是智性的、形而上的，也是日常性的、现实的，他的诗歌里常常有两个自我在互相问答。他的墓志铭写着"我和这个世界有过情人般的争吵"，那也是内心的自我争论。他的诗观中有两句话启示我甚多：一句是"一首完成的诗里，情感找到了思想，思想找到了言词"；另一句是在诗歌里"言词成为行动"。弗罗斯特诗歌的言词就是会话，是口头的更是心底的。当代中国的口语诗人，或许不理解口头语言就是会话语言（会话语言是严肃的），所以没有对象性，难以形成文本。

193

海德格尔诗学的"语言是存在之家"、是"语言言说"而不是诗人言说，揭橥的是语言所敞开的诗意、语言所建构的意境。相对于那些臆断的、自恋的、任性的写作来说，海氏论及的"语言言说"是本真的、命名的、自由的言说，建构的是召唤性结构，打开的是对话之道路。

194

"诗言志"，即诗歌言说情感。这种言说，是口语的而不是文字的，是交流的而不是宣示的，是节制的而不是滥情的。

诗歌发展到用书面语，是知识权力化、等级化所致的。最早的诗歌是口口相传的，是歌唱性的。或许有人反驳我，《诗经》是中国诗歌的源头，这已经是定论，《诗经》是经典而不是口头文学。但是，孔子编选《诗经》前曾从民间采诗。所以，诗的言说最初是不被文字束缚的。

我不排斥用书面语写诗（那是为特定读者而写），但我更多地用日常语言来表达情感（那是和自己说话）。另外，袁可嘉曾说，口头语更具有戏剧性，而人生就是戏剧性的。

195

对话结构在西方诗歌里有传统。在中国古典诗歌里也有传统，以屈子发出"天问"为典型。中国古代诗人多自问自答（如陶诗"问君何能尔？心远地自偏"），有时也假借他人之口（如唐代诗人朱庆馀问张水部："妆罢低声问夫婿，画眉深浅入时无？"）。中国古诗多是不疑而问，或是明知故问，或是即问即答，如唐诗的"日暮乡关何处是，烟波江上使人愁""不知细叶谁裁出，二月春风似剪刀"，宋词的"今宵酒醒何处？杨柳岸，晓风残月"，宋诗的"问渠那得清如许？为有源头活水来"，元曲的"问人间谁是英雄？有酾酒临江，横槊曹公"，等等。这类问答不过是修辞手法，泛起情感的微澜、语气的微澜，而缺乏冲突，更不具有复调性。

幸好杜诗中有不少是矛盾凸显的对话结构，如《同诸登慈恩寺塔》："俯视但一气，焉能辨皇州？回首叫虞舜，苍梧云正愁。惜哉瑶池饮，日晏昆仑丘。黄鹄去不息，哀鸣何所投？君看随阳雁，各有稻粱谋。"危机满目，问题重重。再如《自京赴奉先县咏怀五百字》，一再问答，先肯定后否定，句句转折，声声顿挫，内心里的反复如此沉痛，所以自谓"忧端齐终南"。《赠卫八处士》也是在感喟中叙说事实，在倾诉中留下疑问："明日隔山岳，世事两茫茫。"《秋兴八首》是杜诗的巅峰之作，回顾了大半生的经历和感受，是自传性的反思、观照、辨别。

杜甫诗歌的对话结构，靠短诗很难完成，大多是通过长诗特别是组诗完成的，特别是晚年的《秋兴八首》《八哀》《咏怀古迹》都是组诗。长诗、组诗的承载量更大，更适合展开对话过程。

当然，用短诗也是可以完整地强化对话性的，如陈子昂的《登幽州台歌》，22个字，对话古今，对话天地，苍茫孤独，意义无穷。再如弗罗斯特的《火与冰》，将人生观与宇宙观浓缩于九行诗中，在希望与绝望间展开问答、辩证对话，堪称经典。

196

我们常常用建筑来描述音乐的结构和精神，也常常用建筑来描述诗歌的结构和精神。诗歌的建筑美里包含了诗歌的音乐美，诗歌的音乐美里也包含了诗歌的建筑美。

197

诗歌形式的自足将诗与外界分开了，就如一座建筑是一个自足的空间。

但是，任何一座建筑都融合于环境，任何一首诗也都融合于人间。诗歌是在场的，是敞开的，犹如一座建筑是通风、采光的。

198

诗歌是建筑性的，因为它用言词和声音构建一个超越现实、超越自我的世界。它是牢固的，而不是松散的；它是立体的，而不是平面的；它是反体制的，而不是复制现实的。

199

在汉语里，建筑名称被用于命名体制性的事物、机构、符号，如：派出所、检察院、农业厅、审计署、国宾馆、档案室、饭局、庙堂、内阁、主席台等等。它是秩序、封闭、地位、控制等之微妙隐喻。

诗歌的建筑性，恰恰是重新构建一个世界，而且是一个无限、永恒和终极的世界，一个气象万千又凝神聚气的世界。

200

长诗、诗剧、组诗的内部，尤其具有内在的建筑性。作为不同的诗体，当然有不同的体式、机制、结构。和西方相比，中国文学缺乏史诗、戏剧两大源头性传统，几乎只独有抒情这一个源头性传统，所以，现代汉语诗人在长诗、诗剧方面的写作处于起步的阶段，找不到古代诗歌的资源对接和承继。更重要的是，诗体是与时代语境密切关联的，"时运交移，质文代变"，当代中国的复杂性已经超越历史上任何一个时期，需要承载量、包容量更大的长诗、诗剧对时代和现实做出更复杂的观照。近年读到欧阳江河的《凤凰》、杨键的《哭庙》、柏桦的《水绘仙侣》、小海的《影子之歌》等长诗，都有所借鉴。

遗憾的是，尝试长诗、诗剧、大型组诗的写作者有不少，但大多不了解这些诗体的内部规定性，写到哪里算哪里，更谈不上预先的"建筑规划"，所以，写出来的是一堆乱码，或是一盘散沙。

201

"书者，散也。欲书先散怀抱，任情恣性，然后书之。"蔡邕在《笔论》中对书法创作的认识，可为诗歌创作所借鉴。写诗也需要先散怀抱，排斥心理非诗的杂念，这样才能进入空明之境，不会矫揉造作。换而言之，这时，不是"我在写诗"而是"诗在写我"，是词的言说，是逍遥游。

202

人们把现代诗称为自由诗。自由，是打破格律的形式自由，也是诗歌精神的本质自由。

203

我所理解的诗歌写作的多层次性，不仅指一个诗人有多副笔墨、多种写法，而且指一个诗人的多重视野、多元观念。总而言之，多层次性是一个自由主义诗人的精神风貌。或者说，经历了众多的他者，才会获得一个开阔的自我。

204

作为弗罗斯特的忠实读者，我完全接受他将诗歌与智慧等同的主张。敬文东将诗歌建构的世界命名为"智慧世界"，陈均在评论我的诗歌时用了佛教"转识成智"的表述，我均深以为然。诗人的能力应该体现在把现实题材转化为一种必然性，转化为共有的情感经验和认知，转化为诗性语言和智慧本质。王阳明说："不离日用常行内，直造先天未画前。"指的是良知之所在，也可理解为诗歌之境界（既是经验的又是先验的）。在日常生活中体察宇宙之道，就是转识成智。如果只是一点生活感受、感悟，则停留于"识"。将"识"转为"智"，需要观照方式的抽象洞察，也需要言说方式的形象赋予。

205

诗如酒也，写诗如酿酒，读诗如品酒。时间是其中最重要的要素：好诗可能是脱口而出的，其实已酝酿在诗人心中很久了；好酒可能是需一饮而尽的，其实回味最值得细品。

206

好酒的度数再高，口感也是醇厚柔和的。诗歌的语言也应该是"近人"的，寡淡如水自是浅薄，但有烈度、有深度也不应是生涩、味儿冲的。诗人需要增强"提纯"的能力，一是果断去掉杂质，二是准确提炼精华，三是一切交给时间。

207

有时，好诗是"错觉"写出的。

不是说要求准确吗？

准确不等于拘谨、清楚，正如同含混、模糊不等于混沌。

"错觉"往往是被抑制的真实。

混沌是玄妙、精微、隐秘的准确，是奇异的灵魂自主，是诗本身。

208

有的诗人有多个自我，甚至有多个异名，最典型的是葡萄牙诗人费尔南多·佩索阿。多个自我的产生，异名的产生，都来自诗人的孤独感和诗学想象。诗人通过不同的自我以及自我命名来对抗现实，对抗经验，对抗固化的文明和绝对理性，抵御"我们观念的疾病"，重建人与神的秩序。诗人写道："面对世界永恒的新奇，我感到我每一刻都是新生。"他是拒绝同化的诗人，即使是被另一个自我同化。他是诗人中的诗人，他对世界的观看和我截然相反，所以我认为他的这首诗《恋爱中的牧羊人》（编号 No. 43）是对我说的："你，神秘主义者，在所有的事物中看到意义。/对于你，一切都有隐蔽的意义。/每一件你看到的事物，都隐藏着一件事物。/你看到的一切，你看到它一向是为了看到另一件事物。/而我，因为我的眼眸只用来看，/我看到万物之中意义阙如；我看到这点，我爱我自己，因为成为一件事物意味着没有意义。/成为一件事物意味着不受解释的影响。"他走出了自我囚禁，甚至没有时间和空间的局限，启示着我如何心无挂碍，发现元诗，"用观看和谛听思考上帝"。

209

迁徙者是一个隐喻。从乡村到城市，从一个城市到另一个城市，从一个国家到另一个国家，从一种语言到另一种语言，从一个语境到另一个语境，产生了多个自我。通过作为迁徙者这一隐喻的目光，我曾发现了很多第一次注意到的事物。

210

诗人的分身术是诗人抵达自身的路径。

211

诗人的分身术也是拒绝美化自我或丑化自我，拒绝固化自我或囚禁自我。诗人随着诗歌之光而进入本真的自我，每一次分身都是一次自我修正、自我拯救。

212

诗人的分身术并不是自我分裂、自我碎片化，诗人的每一个自我都是完整的，也是独特的，不可置换的。匿名的写作，是分身，而不是躲避；是独一无二，而不是失去自我。

213

我把某类"写诗"的方式称为道士做法，将语言作为道具、符咒、仪式，颇能引起关注，企图让人相信明明虚假的东西。这种自欺的写作，确实会被一时叫好——对于迷信者而言，宁被蒙蔽也害怕直面真实。

214

不过，我并不否定某类写作是有巫气的。巫通人神二界，巫术手舞足蹈就有诗的成分。弗雷泽在《金枝》中已论及巫术与文学艺术的关系。我国的巫诗传统可以追溯到屈原的《离骚》，《离骚》中人神共通，且歌且舞，亦实亦虚。还可以追溯到《诗经》，如《卫风·木瓜》："投我以木瓜，报之以琼瑶。匪报也，永以为好也！投我以木桃，报之以琼瑶。匪报也，永以为好也！投我以木李，报之以琼玖。匪报也，永以为好也！"借物比兴，抒发"永以为好也"之情，是起誓也是发咒，有暗示性和蛊惑力。甚至可以追溯到"断竹、续竹、飞土、逐宍"的上古弹歌，既是写实的叙述，也有神秘的节奏，接近巫舞。唐代是中国诗歌的高峰期，世称李白"诗仙"，李贺"诗鬼"，他们作非非想，超尘俗界，兴游天外，意取玄奥，词取环奇，动天地，泣鬼神，其实是对现实的反叛。而《毛诗大序》说"故正得失，动天地，感鬼神，莫近于诗"，则论及诗的感染力应该是可以感动天地鬼神的，诗就是灵魂所寄。当代汉语诗人中，有的散发着似乎与生俱来的巫气，尤其是一些女诗人或具有女性气质的男诗人，作品奇诡迷幻，超越日常性体验。但是，对一些刻意挖掘中国传统的巫文化、傩文化、阴阳文化等资源，堆砌此类传统文学意象的所谓探索，我认为是非诗的，是怪力乱神，是混乱而非混沌。

西方现代主义诗歌中，兰波说"使自己成为一个通灵者"，"我相信一切魔术"，"诗歌中古老的成分在我的文字炼金术占有重要的地位"，"我用文字的幻觉来解释我的魔法"，他的语言炼金术是为了命名一切新的事物，创造一切新的形式，发现一个新的自我，找到一种新的语言。他要成为未知的、梦幻世界的先见者。兰波启发了超现实主义者，他们进行催眠术的试验和半催眠状态下的"自动写作法"，探索梦幻般的语言和先知预言的口吻。受到超现实主义影响的狄兰·托马斯以及以他为领袖的"天启派"，强调神秘经验与现实理性的结合，爆发出语言原始的力量。拉康在对无意识的研究中，认为"心理现实"（即实在界）是无法想象也无法符号化的，但我们必须将其符号化，以化解内心创伤。他认为，把现实与实在界分开是必要的，现实不能反映人的本质，而梦境才是真正的现实，反映人的本质。文艺作品是"心理现实"的写照，而不是现实的反映。西方精神分析学为我们理解巫诗提供了另外的视角。

215

其实，诗人的工作本质上与巫无异。《易·系辞下》："古者庖牺氏之王天下也，仰则观象于天，俯则观法于地，观鸟兽之文，与地之宜，近取诸身，远取诸物，于是始作八卦，以通神明之德，以类万物之情。"作八卦是巫的工作，与天地对话，近取诸身，远取诸物，明耳目，通天人，诗人不也是这样工作的吗？

216

写诗是道成肉身的过程。有感于杨炼自述："我这30年来的写作，就是一部一个人的史诗，代表了我一个人穿透自己体会过的历史，完成从创世纪到受难到超越升华的一个过程。所以从这个意义上，神其实真的就是在我们之内。"诗人体验到的不唯是个人史，而且是人类的痛苦和有限性，以神为核心来传达意义。肉身，是一个诗人所感受到的最后的、最近的现实，是一个诗人所能贡献的全部语言，是一个诗人的历时性的生命感受。

217

要警惕箴言体变成一种对读者的专制。写作者在自我阅读时，也可能产生自我囚禁、自我僵化、自我迷信。

218

想象力与经验和知识之间并不互否。经验和知识并不扼制想象力。优秀的诗人富有经验和知识，并因此拓展了想象空间，而不是闭塞了想象空间。反过来也是如此，想象力也帮助人们不断创新知识，丰富经验。所谓天才的想象，是既出人意料又合乎逻辑的，不是无迹可寻的。

219

诗人的想象就是在自我省察中展开精神疆域，并发现它与自然法则的联系。

220

奇喻，用看似毫不关联的事物来体现内在的关系，或者用悖论性的隐喻来体现合理性的语言现实，给读者留下了更大的想象空间。玄学派诗人如约翰·多恩将很多常人以为缺乏诗意的意象写入诗中。中国古典文学传统中，刘熙载赞东坡词"颇似老杜诗，以其无意不可入，无事不可言也"，富有理趣，点石成金。身边诗友中，黄洪光（笔名"金黄的老虎"）有时善用奇喻，如其诗作《烟草史补遗》即是。柯平也曾经谬赞我"无物不入诗"，"嬉笑怒骂"，有些受玄学派的影响。

221

唐诗重情景，宋诗重理趣，宋人受理学影响，与唐人的审美观念不同。故谓唐诗热、宋诗冷，唐诗丰、宋诗瘦。但宋诗多直接议论，欠缺形象，明人胡应麟称之"禅家戒事、理二障，余戏谓宋人诗，病正在此。苏、黄好用事，而为事使，事障也；程、邵好谈理，而为理缚，理障也"。诗中有哲理，有形而上的意趣，是一种高境界，然而，寓理于情景、于形象、于本事之中，不直言又不伪饰，殊为难也。

222

诗的理性，不是独断、强词夺理，而是妙悟、别开生面。苏东坡指出，好奇务新，乃诗之病。时人有故意装神弄鬼之风，语言决绝，修辞生硬，貌似深刻，其实是用古怪的瓶子装低劣的酒，并无理趣，更无真意。

223

"我是那个靠一张音乐地图寻找归家路的盲女人。/当我体内的歌就是我从这个世界听到的歌/我就到了家。它尚未被写下，我不记得歌词。/我知道当我听到它时就是我创造了它。我将会回家。"（包慧怡译）

读到爱尔兰当代诗人褒拉·弥罕的这几行诗，我被深深打动了。这是元诗的力量。诗需要通过语言来实现，而诗又永远是语言所不能完全表现的，甚至诗就是言外之音、言外之意、言外之境。因为"尚未被写下"，因为"我听到它"，因为听到了"我体内的歌"，诗歌才没有失去它的完整性。无即有。悖论的是，诗不得不通过语言表达。梅洛·庞蒂说"说话人并非在用言语表达某种既成的思想，而是在实现它"。也就是说，诗人并不能像搬运一个事物一样，把"心里创造的"变成"被写下的"。写下，是一个明确的形式化的过程，是一种选择和实现。语言是诗歌必不可少的要素，而其他要素如情、象、理有时可以隐蔽。语言是思之归宿，是存在之家，是诗之血肉，是世界之歌。

224

优秀的诗人是语言大师，既创造形式的美感，又创造自由的精神。赋予诗以合适的形式，并不是给诗披上一件语言的外衣，而是让诗生长出一双翅膀。语言是内在于诗的。

225

优秀的诗人不需要模仿他人的写法，而不由自主地创造新的写法。当然，在互文性背景下，也可能挪用、化用他人的语句，但仍将赋予其新的意义。

226

一个诗人并不比任何人有优越感。

一个诗人更不必与其他诗人在写作上比高低。

一个诗人注定是自我反省的。

一个诗人不断剥离外在于自我的偏见、常识、他者价值，直到发现事物和真相，直到建立全新的现实，直到情感有了皈依。

227

诗歌不需要对人解释，不需要自我辩白，只需要提出问题，或分享发现，或显示蕴藉。

诗人比哲学家更相信真理的简洁性。

228

诗人的痛苦可能是无法救赎的，但诗歌并不会陷入绝望。诗歌是诗人自我救赎的道路，而不是终点。去除这条道路上的障碍，是诗人自我反省的方式。

229

黑格尔说"自由是对必然的认识"，自由诗在形式上是自由的，但并不脱离内在的诗性，也不脱离形式上的美感。形式上的自由，是为了打破程式化的约束，打破格式化的羁绊，而不是否定诗人内心的旋律（言为心声，诗是至真之言）。迁就形式，诗歌的"创造"沦为"制造"。但是，把诗歌简化为"分行"，完全否定诗歌的声音性，否定听觉所带来的想象，则是违背审美规律的。分行（包括断行与跨行）恰恰产生了节奏，产生了声音的层次，产生了韵律的空间。

230

黑格尔说"无知者是不自由的，因为和他对立的是一个陌生的世界"。

听到某诗歌刊物主编讲"诗歌可以是反科学的、反知识的、反文化的、反道德的，甚至可以是反真理的"，我觉得他说的不是诗，而是邪教。

诗歌是观看世界、认识世界的实践，不是"无知者无畏"地造反、对抗、颠覆，而是重新追问、理解、言说精神性问题。

231

上述主编的话，庶几可改为"诗歌可以是非科学的、非知识的、非文化的、非道德的，但诗歌通向真理"。在诗人自我救赎的道路上，科学、知识、文化、道德皆有可能成为障碍。《心经》曰"无智亦无得"，此为般若的最高体验，去除经验的认知障碍，本心流露，回归真实。

232

人的社会心理，如盲从、屈服、效仿、恐惧、缄默、抗拒、诡谀……皆可能在加入集体机制中失去自我，扭曲心智，改变行为，成为阿伦特所言的"平庸的恶"。诗人应看穿恶的欺骗性，保持独立和天真，不被强迫与诱惑，去除欲望和绝望，诗人的创造力正是来源于对真理的捍卫、对彼岸的信心。

233

作为文体，诗歌发展到今天，已经可以成为"融文体"，即可以容纳各种语言元素，可以囊括不同语种，甚至非文字的材料（庞德在《比萨诗章》里已经做过不少尝试），并没有刻板的形式伦理。但是，诗歌文体仍然有本质的规定性，即创造性的自我言说。和其他文体相比，诗歌是最不适宜隐去作者的。这与我所提倡的"匿名的写作"并无矛盾。

234

把诗写得太像诗，是一种文体自缚。诗若是称心而出，形式必与内容熨帖，了无痕迹。

235

诗人有时候这样自我保护：幽暗而审慎地判断，晦涩而复杂地暗示，修改或删除一些词……诗人有时候这样自我袒露：敏感而私密的情感，痛苦而持续的困惑，夸张而引人注意的语气……甚至在同一首诗里，诗人是矛盾的，将自我保护与自我袒露融为一体。但是，这恰恰是真诚的，如对心中的爱人说话，不矜才藻，微妙深沉，满怀期待。

236

每一首诗的完成，就是一次别离。每一次别离，都意味着可能被遗忘。

237

诗人不仅是怀旧的，渴望永恒的，也是好奇的，渴望摆脱熟悉的事物，渴望进入陌生世界的。

238

思想是虚空的，犹如诗歌的语气。但是，真切可感，能击中聆听者的身体和灵魂。

239

现实是不可回避的。现实为诗歌提供了无尽的题材。问题是如何保证所看到的现实为真的现实，而不是成见在先，或者人云亦云，或者是选择性观看。对现实的洞察力是对具体现实而不是抽象现实的反复观看、反复感受、反复证实，不经反复则很难相信所见为真，或者不信所见为真。何谓诗胆？不虚言假语，不虚情假意，循循莫不有规矩，徐徐莫不入情理。

240

诗歌的语言既是紧实的、凝练的、高密度的，又是释放的、感性的、多维立体的。

241

明朗，几乎是诗歌语言最高的境界。明朗并不等于平直，而是曲中有直，直中有曲，有时为了准确不得不曲折，有时为了透彻不得不直接。明朗乃得之天然。千万不要妄图以其昏昏使人昭昭，连自己也不知道在说些什么。明朗，是一个诗人的本心显露，去蔽之后回到天真。

242

明朗是一个过程。当你写下第一句时，你并不知道一首诗如何完成。你用一个词推动另一个词，一个句子推动另一个句子，一个诗节推动另一个诗节，直到一首诗自己动起来。一首诗有着合乎逻辑的轨迹，苏东坡云"水行山谷中，行于其所不得不行，止于其所不得不止"，就是这份自由，这份活脱，不需要遮掩，再明朗不过了。

243

布罗茨基把弗罗斯特的《进来》看作描述死亡之诗："远在那一丛丛黑暗中/鸫鸟的音乐依旧——/几乎像一声请进来/领受这黑暗和悲哀。/才不呢，我出来看星星；/我不会进来。/哪怕是被邀请也不，/何况没被邀请。""进来"是死亡的隐喻。弗罗斯特抵挡了死亡深藏不露的诱惑，有一些得意，甚至开起了玩笑："才不呢"。在特朗斯特罗姆的诗作《黑色明信片》中，死亡是移动的、令人不快的："生命中间，死亡来了/要带走你的尺码。这次来访/被遗忘，生活依旧。但是寿衣/正在悄悄缝制。"特朗斯特罗姆面对死亡有着瑞典人的清醒和严肃。瑞典另一位当代诗人朗纳·斯特罗姆贝里写道："死亡是一本众人皆谈、没人读过的书"。却有着茫然之中的深沉、悲伤。陶渊明在六十三岁时写了三首《拟挽歌辞》，写后过两个月就去世了，他是勘破生死的大诗人："有生必有死，早终非命促。""得失不复知，是非安能觉？千秋万岁后，谁知荣与辱。""一朝出门去，归来夜未央。""亲戚或余悲，他人亦已歌。死去何所道，托体同山阿。"《拟挽歌辞》顺应自然，达观自明，对死亡既不向往又不畏惧，既不佯狂又不消极，毫无矫饰，从容浪漫。每一个诗人几乎都写过死亡，甚至多次写过死亡。死亡是最能激发诗人想象的母题之一，因为死亡是不可知的、必然的、永恒的。真理也是不可知的、必然的、永恒的。对待死亡的态度，决定了一个诗人理解世界的本质。

244

诗人自拟的墓志铭应该是其最重要的诗篇，概括了对生死的领悟，至真至善，个性十足。美国自白派诗人西尔维娅·普拉斯的墓碑上写着："即使在激烈燃烧的火焰中，我们仍能种下金色的莲花。"她生前是一个斗士，死亡并未阻止她抗争现实的理想主义。法国象征主义诗人里尔克自撰的墓志铭是"玫瑰，呵，纯粹的矛盾，在这么多眼睑下，乐于做无人的睡梦"，闪耀着光荣和梦想的光辉，绽放着绝美和鲜活的魅力，超越了生死的界限。美国女诗人艾米莉·狄金森一生过着封闭而自足的生活，她的墓碑上只刻着两个字："回话"。如她的诗一样简短而隽永，孤寂而有力。美国诗人罗伯特·弗罗斯特的墓志铭是："我和这个世界有过情人般的争吵。"他总是爱意深沉，眷恋生活。而黎巴嫩诗人纪伯伦写下的墓志铭俨然是一个先知的语气，甚至是神在说话："我就站在你的身边像你一样地活着。把眼睛闭上，目视你的内心，然后转过脸，我的身体与你同在。"

245

以死亡为主题，诗人之笔不由自主地真诚。面对死亡之际，也是面对自我，面对过去、现在和未来三种时态，面对此岸和彼岸之际。一个诗人如果写诗有油滑浮躁之病，不妨去思考死亡这个重大的主题。

246

复活也是诗歌应探寻的意义。以诗人之眼，耶稣不是一个历史人物，因为在每一个时间里，耶稣都在不断创造历史，不断启示当下，所以耶稣不断在世俗生活中复活。

247

在神话里，在宗教里，死亡几乎都是被否定的，复活才是终极的。死亡被视为一次转换、变化、返归、轮回、新生。在诗歌里，死亡的力量也从来没有超过生命的力量。诗歌永远是创造，是复活。

248

每一个人的痛苦是有限的，但是每一个人完成自我救赎是艰难的。上帝道成肉身，而上帝参与到人类的所有痛苦之中。上帝以道成肉身来传递意义，因此，言说是艰难的。

写诗是诗人实践生命的言说，是努力参与痛苦和突破有限性的言说，写诗是艰难的。

249

恶只是一个实体，恶附着万物，所以恶是非精神性的。

善是形而上的，善不为物役，不着一物，所以善是精神性的。

250

诗歌不以道德为目的，但是，诗是实践，是向真、向善、向美的实践。诗歌超越了道德，但并未否弃道德，而深深植根于人性之中。

251

守道德而无理性，守理性而无信仰，均是极为恐怖的。暴行若是假以道德之名，假以理性之名，将更加无所顾忌。

252

将一己之经验作为理性的标准，自封为圣，或逼人成圣，这就是魔鬼的哲学。

魔鬼往往模仿上帝。魔鬼往往站在上帝的影子里。

253

张载的心法"为天地立心，为生民立命，为往圣继绝学，为万世开太平"，就是自封为圣。孟子所言"人皆可以为尧舜"实则是逼人成圣。逼人成圣可以致恶，导致对个体自由的剥夺，对权力话语的粉饰。用伪善胁迫个体他者化、道德化。用网络语言来说，就是"被圣人"。没有人道德完美，因此没有人可以免于被攻击、被审判。

254

东坡追陶公为师，时与陶公越时空对语。东坡有和陶饮酒二十首、和陶归园田居六首、和陶读《山海经》十三首、和陶贫士七首、和陶移居二首、和陶时运四首、和陶拟古九首等和陶诗计一百二十四首。如果说陶诗之"纵浪大化中，不喜亦不惧"是从世俗中消除悲哀，那么苏诗之"倒床自甘寝，不择营与绮"则是从世俗中超拔痛苦。这些和陶诗，大多写田园、居家、饮酒、乞食、睡觉、读史、交游、思亲，都是日常生活。陶诗《庚戌岁九月中于西田获早稻》写道："山中饶霜露，风气亦先寒。田家岂不苦？弗获辞此难。"而东坡和之："早韭欲争春，晚菘先破寒。人间无正味，美好出艰难。"陶苦而苏甘，陶忧而苏乐。东坡之乐，或许受佛教影响，得大自在，生大欢喜，但更多反映的是审美的人生观、诗歌观。东坡在《与子明书》中有言"山川草木虫鱼之类，皆是供吾家乐事也"。坡公在艰难的人世何以体味美好、喜乐？"既往不可悔，庶为来者惧"，注重当下也；"耿耿如缺月，独与长庚晨"，自性光明也；"二子真我客，不醉亦陶然"，解脱慰藉也。坡公的书法也是其人格流露，丰盈饱满而非清癯枯硬，黄山谷云"瘦易肥难"。无独有偶，坡公有言："渊明作诗不多，然其诗质而实绮，癯而实腴。"

美国现代诗人华莱士·史蒂文斯的诗，总能创造出新的秩序，创造出和谐的世界，给人以审美的愉悦。在《不是关于事物的理念而是事物本身》这首诗里，他写到"一个来自他内心的声音"，"一只鸟的啼鸣"，"它就像是对现实的一个新的理解"。他的另一首诗题目干脆就叫作"现实是最高想象力的一个活动"。史蒂文斯的想象力聚集于对事物的整体感觉，从混沌、错乱的现实中总能发现诗的秘密和意义。他没有滑入哲学的痛苦深渊，而是游戏于抽象的物我观照。他认为"写诗不过是出于一种对和谐与秩序的愉悦"，这何尝不是一种审美的人生观、诗歌观？史蒂文斯的诗中有着"冬日的心境"，有着自然的智慧，中国读者很容易从史蒂文斯的诗中读出"境由心生"的超脱、"不生不灭"的禅意。

从苏东坡和史蒂文斯那里，我们可以理解诗的自由解脱精神，可以理解诗人与世界的和谐。此乃心灵之诗，诗之诗（元诗）。

255

关于杜诗之妙，可举一首绝句为例："两个黄鹂鸣翠柳，一行白鹭上青天。窗含西岭千秋雪，门泊东吴万里船。"借用史蒂文斯对于诗歌的理解来说，这首绝句纯粹写事物本身，而非关于事物的理念。仅仅二十八个字，完全容纳了一部电影：数量、声音、色彩、动静、自然、季节、方位、距离、历史、宇宙，形式生动，包涵无限，境界玄远，引人遐思。它描述的是一个现实的景物世界，也是一个超现实的精神世界。

其实杜甫的沉郁顿挫，不惟写组诗、长诗、律诗。他的绝句，以简写繁、以小见大、以轻驭重的笔力亦令人叹服。《江南逢李龟年》一诗："岐王宅里寻常见，崔九堂前几度闻。正是江南好风景，落花时节又逢君。"世境离乱，年华盛衰，人生飘零，劫后余生。这反差巨大的时运感叹，却用语轻微，情感节制，何不令人黯然？

256

杜诗中像《江南逢李龟年》这样以叙述代替抒情的作品甚多，所以形成了沉郁、节制、内敛的风格。因为内心"艰难"，不易言说，所以能引导读者一同返回到诗人的本质体验中，返回到事物的存在中，返回到语言的源头。

257

讲故事是比喻而非叙述。比如耶稣对众人讲牧人的故事、迷路的羊的故事，让人从中认识神对人的爱。比如禅宗的公案也都是故事，让人从中参禅悟道，达到不可言说、不可思议的证悟境界。讲故事颠覆的是世俗世界，用比喻的方法超越了现实，超越了理性。这是宗教智慧，也是诗性智慧。

诗歌里的故事，乃至故事中的细节，其实都是比喻。语言的本质即隐喻。诗化语言即回到语言的本源。因此，海德格尔说语言的实质是诗。

258

《祖堂集·归宗和尚》："师教中有言：须弥纳芥子，芥子纳须弥。须弥纳芥子时人不疑，芥子纳须弥莫成妄语不？"须弥、芥子都是比喻，万物之间，大小无碍，诸相非真，互相包容。诗歌的想象应是无碍于形象的，因为包容才得自由，因为自由才得包容。诗由此而达精微，致广大，在于诗人从感知而越向理解的境界，万物齐观，宇宙洞开。

罗兰·巴尔特在《S/Z》中，将芥子内见须弥视作初期叙事，即从每个故事中抽离出它特有的模型，然后经由众模型，导引出一个包纳万有的大叙事结构，反过来把这大结构施用于随便哪个叙事。这是结构主义诗学的观点。

259

诗歌中建立事物之间的联系，或因其相似性，或因其相关性。前者曰隐喻，后者曰转喻。

260

叙述之中多有转喻，抒情之中多有隐喻。

261

警惕道德价值后面的阴谋、骗局，警惕社会理想后面的欲望、虚幻，警惕政治理性后面的伪善、极权。对于诗人来说，保持距离地观照现实，才更可能"去意识形态化"，才更可能接近人性和诗歌。

262

自然语言充满歧义，而形式语言毫无歧义。形式语言与上下文无关，而自然语言的上下文甚至可以延伸到文本之外。

诗歌语言是充满歧义的，"诗无达诂"的语言学意义就是诗歌语言可以激发各种可能的理解与想象。诗歌语言是自然语言。

建筑物内的填充墙，它是不承重的，甚至被定义为非建筑意义的墙。填充墙除了起到围护、分隔的作用，还可起到美学意义的作用。填充墙看似可有可无，但它激发了人们对自主空间的想象。填充墙是营造语境（上下文）的。

263

读诗并非读得越多越好，犹如交友，有缘深交的朋友并不多。或者说诗也在读人，诗排斥不专注而肤浅的人。

一本适合自己的诗集宜于反复读，直到从中相对完整地读到自己。

264

诗歌的深度？我更愿意将其表达为诗歌的专注度。

保罗·策兰说："专注是灵魂的天然的祈祷。"专注甚至是忘我的。

265

写诗并非做梦，梦中得自由还不是诗。在现实中，在清醒时，追求自由，澄明透彻，方为诗。写诗并不是抛弃自我，也不是逃离自我，而是回到自我，拥抱自我。

266

写诗让我更有勇气。不仅有勇气独自承担生之艰难、命运之不可捉摸，而且有勇气一直寻求爱，有勇气接纳自我也接纳他者，有勇气把历史、现实、未来联结起来。

267

对自我专注，才能深入自我。

专注、深入、凝神、会心，辄产生直觉，即心灵与宇宙的无碍沟通。

268

从自我中发现普遍的人性（即自我与他者的共同性而非异质性），乃得自由。

269

不需要为写一首诗找到理由，那样只会让诗歌变得简单而片面。

270

用掩饰来强化想要说出的情感是一种消极自由。

271

诗歌的逻辑肯定不是现实的逻辑，也不是语言的逻辑。诗歌的逻辑就是非逻辑。

272

诗歌的传播宜于自媒体传播而非大众媒体传播。诗歌的本质决定了诗歌反对商业化和体制化混合的权力话语。

273

应警惕诗歌的公共阅读活动，这或易致诗歌的定义被收窄甚至被僵化。

274

对于一个诗人而言，诗歌既是其发现自我和通向世界的个人叙事，又难以脱离其思考公共现实和人类命运的宏大叙事。陈寅恪早在 1966 年所写的《丙午元旦作》中曾预言："一自黄州争说鬼，更宜赤县遍崇神。"而晚岁"著书唯剩颂红妆"，但依然"老来事业未荒唐"（陈寅恪自注"近八年来草《论再生缘》及《钱柳姻缘释诗证》等文数十万言"）。"颂红妆"并非移情而避世，实则保持了精神独立与自由，于悲凉中温旧情，于闭塞中寄遐思，于死寂中见鲜活，诗人本性不移，诗歌人性不灭。

275

"颂红妆"是发现诗歌隐秘、还原历史色香的在场投入，诗史一体，感同身受。

优秀诗人在心底都曾有过"颂红妆"。这类诗人绝非浅薄散漫，也不是少年多情，而是历经艰难而真淳如初，不怨怼而体贴人，有大悲悯也。

276

诗人不必刻意追求个性。个性自会在诗中流露而出，而不需给语言贴上标签。

277

佛教导人由俗谛而真谛。有法师说，不依二谛，佛就没法子说话。讲俗谛是佛依世人的知见，以现实环境来打比方，引导世人入真谛。真谛俗谛圆融不二。真谛是佛亲证的境界，是否定表象的本质。写诗亦然。诗人以象表意，以日常经验建构精神境界，由形而下至形而上——诗的语言方式应作如是观。

278

语言和诗的关系，可被解读为叶芝的一句诗"我们如何能从舞蹈中辨清舞者"，二者须臾不分。假设诗是舞蹈而语言是舞者，如舞蹈借助于舞者而诗歌借助于语言，那么，诗性/意义借助于身体/形式。语言既是身体性的，是主动的，是本体；也是仪式性的，是符码的，是客体。语言既创造地表现舞蹈，又真实地表现为舞蹈。诗人进入语言，是双重进入，既进入本体又进入客体，或者说主客体本来无分，本来一体。

279

舞者与舞蹈之融于一体，是舞者的最高境界，也是舞蹈的本质显示。

正如语言的本质是诗，而言说的最高境界也是诗。

280

语言的诗性显示，就是跳动起来，形诸舞咏。读者与作者都进入语言而在语言之中跳动起来，不由自主地跳动起来。

281

笔，颖锐而守锋；墨，处晦而守光；纸，知白而守玄；砚，知虚而守默。

文房四宝在中国文化中构成特殊的精神场域，互相通气，而不是各自为器，缺乏对话。书道是什么？是文房四宝的话语共同体。是文房四宝构成了书法语言。

282

人之初，不着一物亦没有精神活动，无恶亦无善。

恶是积累之实体，犹如肿瘤。善是涵养之真气，化肿消瘤。初生赤子，并无疾病，但也没有抗病御疾的能力，只有从母体带来的外在的抵抗力。在生长过程中，即人的社会化过程中，恶生长，善亦生长。社会是善与恶的共同语境。

283

诗人总是不可避免地将事物主观化，将事实客观化。这是人的局限，也是语言的局限。何以突破？黑格尔说："最客观的哲学因其绝对客观的本体而'不存在'，最主观的哲学反而可能是最自由的隐喻。"诗就是最主观的哲学。

284

诗，从未停止对终极意义的追问。因为诗人相信真理存在，相信真理可以被窥见，相信真理可以被描述。对真理的敬畏，也是诗人对自我的敬畏，诗人一直在窥见自我，在表达自我，在完善自我。自我是一个无限的整体。自我和真理一样，不是隐喻。

285

诗为何而贬值？如果诗所负载的社会价值过多，诗就远离了真实。

286

当诗歌写作成为一种表演，诗也会贬值。表演制造的是幻象，而观看制造新的幻象。譬如，用极端化的语言方式写作就是一种表演。本雅明在《机械复制时代的艺术作品》中批评达达主义者"目的是耸人听闻"，"以迷人的表演和声响来引人耳目，惊世骇俗，冲击观众和听众"，"使艺术作品变成了绯闻"。本雅明认为达达主义者的反向实验，于观众而言就是"暴力消遣"。

本雅明甚至认为这是一种必须警惕的意识形态。"荷马的时代，人们向奥林匹亚山上的诸神献上表演；而今天人们为了自己而表演，自己变得非常疏离陌生，陌生到可以经历自身的毁灭，竟然以自身的毁灭作为一等的美感享乐。这就是法西斯主义政治运作的美学化。"

本雅明把这种自我异化、自我毁灭、自我愉悦的审美体验，视为激起观众打破秩序、参与革命、实施暴力的企图。

在中国当代诗的发展过程中，也曾有过发育于极"左"思潮的种种所谓实验、运动。其中富有破坏性能量、反抗性激情、表演性仪式的非诗因素，甚至成为炫目的、先锋的诗性外衣，蛊惑了很多热爱诗歌的心灵。最终，只留下大火之后的一堆残渣和冷灰，诗歌再次遭到公众的误解。

287

诗人在其作品中有意无意地塑造自身的"人格形象"，也是一种可疑的表演。"诗歌人格"不是塑造出来的，是诗人的诗性精神的自然流露，不可矫饰。其"诗歌人格"和现实人格一般互为表里，虽然二者也存在一定的边界，但如果互为冲突，必然会体现于语言的分裂上。

288

诗歌是文学的源头，而散文不是。音乐性是诗歌的基因，因为具有这一基因，诗歌有了比文字更抽象、更传神的意义建构能力。

诗歌在文字出现以前就诞生了，并且诞生于民间，诞生于口头，而散文在文字出现以后才为极少数知识精英所书写。诗歌更体现人性（如"诗言志"说），而散文更体现社会性（如"文以载道"说）。

289

清代吴乔说："意思犹五谷也，文，则炊而为饭；诗，则酿而为酒。"这个说法是有问题的，因为诗所要表达的"意思"和散文要表达的"意思"不是一个"意思"。诗所要表达的"意思"具有更强的象征性，更复杂的整体意义，更形而上；而散文要表达的"意思"则更为具体、世故、易于阐释。

但这个说法也有一定的形象性，即诗歌转化了"意思"的形态，并需要经过"酝酿""提纯"。

290

布罗茨基认为"诗歌占据着比散文更高的地位，而诗人在原则上高于散文家"，"一个诗人无需求助于散文家，而散文家却能从诗人那里学到很多技巧和策略"。布罗茨基写诗也写散文，他的散文也是诗性的，在语言上有诗的技巧和策略。问题是，布罗茨基的散文如何区别于他的诗歌呢？我认为，布罗茨基应该是明确地将他的散文传达给大众的，他心中预设了读者，而他的诗歌更像是独白，是写给自己的。

291

诗歌对于艾米莉·狄金森有着特殊的含义，她曾在信中说："如果有一部书能使我读过之后浑身发冷，而且没有任何火能把我暖和过来时，我知道那一定是诗。如果我有一种天灵盖被人拿掉的感觉，我知道那一定是诗。这是我对诗的唯一理解，除此之外，还会有其他的理解吗？"狄金森在诗中这样写道："首屈一指——诗人——然后太阳/——然后夏季——然后上帝的天堂/——/领悟以上全部——其余的似乎都不必出现——/所以我写——诗人——一切——"诗歌占据着艾米莉·狄金森生命中最重要的位置。而她是这样描述"散文"的："我住在可能里面——/一所比散文更美的房子——/有着数目更多的窗户——/门——更是超越凡俗——"，"他们把我关在散文里——/他们喜欢我'乖'"。在狄金森的词典里，散文成了无趣、庸俗、沉闷的代名词，诗歌才象征着自由、热烈、天堂。

292

随着网络媒体尤其是社交媒体的兴起，诗的门槛越来越低，中国当代诗歌写作人口规模越来越庞大，其中的一个伴随现象是诗歌散文化的趋势越来越明显，已经成为流行的时弊。有的作品甚至就是口水、八卦、废话，粗鄙、无聊、恶俗，而写作者、追随者竟以为这是所谓的创新，展示了所谓的"后现代诗学"形态，这无疑让诗歌严重贬值。

293

宋人批评退之"以文为诗"，陈师道认为韩愈"不合以诗句似作文样做"。其实韩愈的诗在另一些宋人眼中是地位很高的，如黄山谷在《答徐师川书》中说："其未至者，探经术未深，读老杜、李白、韩退之诗不熟耳。"把韩愈的诗并列于李、杜。宋人警惕韩愈的诗引起"诗格之变"，是担心"以文为诗"导致诗由此浅俗率易，流于平常议论，缺乏诗意与情致，不见奇巧与理趣。对诗歌散文化的批评，宋人是有共识的。

294

余光中主张诗歌适度散文化，他将诗歌与散文喻为缪斯的左右手。1980 年，他在《缪斯的左右手——诗和散文的比较》中，肯定宋诗之"以文为诗"，认为"在语言上比较多元，句法上可以巧拙相辅，生熟相济，避免唐诗常有的滑利，风格上也可以扩大诗的经验，增加知性和实感，而避免一味的抒情"，值得汉语新诗借鉴。后来，他又对新诗在陷入格律化的陷阱之后再陷入散文化的陷阱表示了担忧。

其实，唐诗里也并非一味抒情，同样充满叙事乃至充满细节，富有情思和哲理，句法和格律也富有变化。余光中先生提倡诗的形式要更自由一些，提倡诗的经验要更加复杂一些，既受到了西方现代诗的启发，也受到了宋诗注重日常性和思辨性的启发，这些仍然是诗性的，有着诗的内在节奏和一贯价值，不必简单地理解为散文化。

295

曼德尔斯塔姆说："诗歌本身召唤散文。诗歌已因为没有散文而失去所有视角。""阿赫玛托娃把十九世纪长篇小说的所有巨大的复杂性和财富引入俄罗斯抒情诗。如果不是有托尔斯泰的《安娜·卡列尼娜》、屠格涅夫的《贵族之家》、陀思妥耶夫斯基的全部作品以至列斯科夫的某些作品，就不会有阿赫玛托娃。阿赫玛托娃的源头全部在俄罗斯散文王国，而不是在诗歌。"他强调的是诗歌应关注时代和现实，诗歌不应封闭在狭隘的自我之中。在这个意义上，诗歌与散文是互为召唤的。诗歌的传统不只是诗歌，多源头的诗歌能够表达巨大的复杂性。

296

中国当代诗的问题在于缺乏诗性，而非缺乏散文性。

诗的散文化，必然导致声音的弱化。

诗的散文化，也意味着诗人从外部世界进入诗的世界之进程被大大延缓了。

诗的散文化，也意味着神秘美学的价值衰落。

297

亚里士多德说，"我们将注意力主要集中于能变化的事物"。诗专注于变化的事物。诗人与世界的联系永远是变化的，在变化中发现永恒，通过此在走向存在，是诗人在世界中的定位。

298

静观，沉思，乃诗人全身心与神隐秘沟通的方式。然而，许多诗人丧失了专注力，也无法与神对话了，因为个人混同于他者，浸淫于世俗，泯灭于社会。诗人应返回自身，聚精会神。本雅明曾说过"大众想要散心，艺术却要求专心"。大众对娱乐和散心的渴望表现为消费性，这是摧毁诗的麻醉剂。

299

本雅明所言的"暴力消遣"，以苏珊·桑塔格所列举的美军在阿布格雷布监狱自拍虐囚照片的例子为非常典型："注目他人受刑"。这不仅是残忍，而且是变态。

有多少"暴力消遣"，假以"革命""先锋""正义""自由"之名！

300

诗的自由实乃自律。康德说："我们出于正当的理由只应当把通过自由而生产，也就是把通过以理性为其行动的基础的某种任意性而进行的生产，称之为艺术。"杜甫"晚节渐于诗律细"，正是写诗臻于自由之境，有集大成的融会传统能力，也有反思性的自我创新能力。诗的精致形式与内在理性是相一致的，歌德有言"在限制中方显名手"。

301

"横看成岭侧成峰，远近高低各不同。不识庐山真面目，只缘身在此山中。"东坡此诗是一首元诗。各人有各人的视角，写诗如此，读诗亦如此。诗的世界因此无比丰富，诗的真面目永远不可穷究，又可从无限视角观之。写诗，读诗，皆在诗中，无限视角又聚焦于诗域的规定性之内，不离此山，有限中包容无限。

302

"晦涩"的反义词不是"清晰"，而是"浅近"。"含混"的反义词才是"清晰"。含混的语言是需要剔除杂质的，诗歌语言必须是高纯度的、清晰的。

303

个体生命是无限的，而个体经验是有限的。诗人不必拘泥于个体经验，否则贬低了个体生命的价值，也贬低了诗的价值。

304

维特根斯坦说："如果我写出一个好句子，它偶尔地变成两行合乎韵律的句子，那么这一句子就是错误的。"根据我的理解，维特根斯坦否定了"偶尔"的"一时灵感"，他认为"一时灵感"仍然是创造力的阙如，并不能产生新的东西。创造力的爆发，需要长期积累，在积累之后才能证悟天机。

305

木心论兰波时说："童心非即诗心。诗人具种种识，其博在识，博学事小博识体大，学乃知，识乃觉。"此说有见地。博识即经验与觉悟。兰波是早慧的天才，经历奇崛诡异，经验与觉悟超乎常人，其诗激发感官，放开想象，去塞求通，恣肆瑰丽，神乎其技。兰波的通灵，不是靠灵感，而是打破意识，敞开心灵，恢复被惯习和庸常所磨损的敏感，重新发现未知，培育比别人更丰富的灵魂。兰波的诗心，不是皎然不染，而是放任自流，在反叛现实中追求真实。

306

人们一般只能停留于事物的表面，穷于理则又陷入极端，甚至偏于荒谬。

通向真理的道路是无限的。绝对不存在共同道路，每一个体都有自己的道路。

307

诗歌的使命是寻求爱的共同语言，而非真理的共同语言。

换言之，诗歌是爱的言说，也是通向爱的言说；是通向真理的言说，而绝非真理的言说。

308

绝大多数时候，我们思考而一无所得，甚至愈发迷茫。但这并不是我们不思考的理由。思考需要耐心。如果不断地思考，就会从自我束缚中解放出来——思考是无用的，真理从不体现为思想。

309

余英时在《到思维之路》的自序中说"努力做一个不受人惑的人"，他引用了胡适多次引用的禅宗语录"菩提达摩东来，只要寻一个不受人惑的人"。诗人必须做一个不受人惑的人，敢于发问，思索，求真。

310

如何看待诗歌里的情与理？情不节制则滥，情不及则不真。理至绝对则谬，理不及则肤浅。一首诗须合情合理，情理交融。艾略特认为诗应当"创造由理智成分和情绪成分组成的各种整体"，"诗给情绪以理智的认可，又把美感的认可给予思想"。然而，何谓情感，何谓理性，二者关系如何，一直是个争论不休的问题。

何谓情感？中国诗学是基于抒情诗的，以情感—表现结构为审美框架。《尚书·尧典》中"诗言志，歌咏言，声依永，律和声"是最早定义诗歌本质的，后世学者大多认为"志"包含了情感和理性。《诗·大序》曰："诗者，志之所之也。在心为志，发言为诗，情动于中而形于言。言之不足，故嗟叹之。嗟叹之不足，故咏歌之。咏歌之不足，不如手之舞之足之蹈之也。"言志与抒情也是视为一体的，而形于言的根本动力是情动于中。孔颖达注疏为"在己为情，情动为志，情志一也"。陆机《文赋》鲜明地提出"诗缘情而绮靡"，不但强调诗由情感生发，而且更加强调了个体情感，将个体情感凸显为中国诗学的重要范畴之一，区别了诗教传统"志于道"的公共情感之范畴。这是一个追求思想自由解放的时代对诗歌中的情感所开拓的确切认识。钟嵘《诗品·序》中"气之动物，物之感人，故摇荡性情，行诸舞咏"则承续了陆机的诗学主张。王国维《人间词话》曰："昔人论诗词，有景语、情语之别。不知一切景语皆情语也。"王国维将情感视为诗歌中最核心、最本质的要素。

在西方诗学中，相对来说，浪漫主义重情，意象主义重物，现代主义重理。十九世纪英国浪漫主义诗人华兹华斯认为，"我们的思想改变着和指导着我们的情感的不断流注，我们的思想事实上是我们以往一切情感的代表"。他将思想视为情感的表达形式，因此，感性转化为理性，理性节制着感性。相对于浪漫主义的以抒情为盛，意象派诗人庞德认为意象"是一瞬间呈现出理性和感情的复合体"，他反对过度宣泄情感，也反对议论和说教，而是"直接处理事物"，让意象来言说，深刻影响了现代主义诗歌。里尔克提出了"物诗"的主张，反对个人化的情感。他说："诗并非如常人所说的是情感（情感我们早就有够多的了）；诗是经验。"他说的"经验"，是诗人由内而外地观看、认知事物，"等到它们成为我们身内的血、我们的目光和姿态，无名地和我们自己再也不能区分，那才得以实现，在一个很稀有的时刻有一行诗的第一个字在它们的中心形成，脱颖而出"。它是与生命融为一体的存在，是事物的本质，是主观归附于客观。里尔克的诗是理性的，经过了沉思，包容了更为高尚的情感。艾略特区分了艺术情感和现实情感，提出用艺术形式表现情感，而唯一途径是发现"客观对应物"，即通过外部事实来唤起情感。诺瓦利斯关于"一切可见之物都归附于不可见之物上"的判断，或可帮助我们理解艾略特是如何从客观对应物中唤起情感的。西方现代主义诗歌不断标新立异，但共同点是更多地介入现实，且孕育、引发、表现、传达了复杂的社会思潮，诗歌承载了更多的观念和思想。

何谓理性？余英时说："思想的根源是理性，信仰的动力则是情感。"这和克尔凯郭尔的哲学有相似之处。克尔凯郭尔视信仰为人的最高追求，认为激情而非理性才是信仰之源。克尔凯郭尔认为，信仰需要弃绝，信仰与理性有不可逾越的鸿沟，人的生存境界分为审美阶段、伦理阶段、宗教阶段，而人的生活方式从个体、非理性最终走向信仰。他认为理性不能理解与自己相异的东西，理性也不能超越自身，"所有思想的最大悖论，在于欲发现思想所不能思考的某种东西"。他把这个思想所不能思考的某种东西称为"未知者"，也可理解为上帝。拥有上帝并非靠客观的思考，而是靠无限的激情。克尔凯郭尔的哲学强调了对个体价值的辩护，揭示了个体生存的意义，对于诗歌写作而言是值得借鉴的，即将上帝作为个体实现救赎的必由之路。他所说的激情，并非瞬间的，而是主体性的、内在的对上帝的信赖与爱。维特根斯坦曾说"如果一首诗的理智毫无掩饰地外露出来，那么这首诗的要点就被夸大了，就不能从内心来表达"，又说"智慧好像是包着炭火的淡漠阴暗的灰尘"，无疑，维特根斯坦受到了克尔凯郭尔的影响，理智被认为是愚蠢的，思想被认为是局限的。西方现代派文学很多走向非理性主义，对现代社会的混乱、荒谬、堕落感到恐惧和绝望，但是非理性主义在本质上是理性的，只是对理性主义的一种反叛，而不是无理性。这恰恰是理性主义在现代社会的一种进步和发展。

哲学家将理性与情感对立起来，并不影响诗人将二者融合起来的认知与实践。融合情理、以情言理的传统，仍为一代代诗人所传承和发扬。在一首好诗中，情感和理性是在对话的，个个突破语言，而情趣和理趣都是诗的魅力。

311

每一首抒情诗在本质上都是爱情诗，诗人向世界求爱，从各个角度观察世界，尝试理解世界，尝试与世界沟通，渴望得到世界的接纳。求爱是艰难的言说，除了真诚和勇气，还需要用令世界惊奇的、没有伪装的表达方式，不断扩大沟通的疆域。

312

冷抒情可能包含更炽烈的情感。诗歌最感动人的情感力量，莫过于暴露内心的创伤，唤起记忆，直至自我痊愈。

313

诗歌里的理性力量，能够改变读者的思考方式，令其反省对自我的认知，发现真实的存在，形成前所未有的洞见。

314

诗歌是个人化的现实。一个诗人的作品构成了他的个人史。

315

诗歌的情感是怎样的？大海不停动荡，甚至有时澎湃滔天，但我们假设了一个平静的、恒定的海平面，以此为标准来衡量物体的高度。

316

在一首诗中，内部的语言逻辑与外部的现实逻辑彼此相对、颠覆、互动、交织，形成了打破逻辑的不确定性，使诗歌文本增强了多义性，诗歌的主题更为复杂、隐秘。

317

顾亭林《日知录》中说："诗文之所以代变，有不得不然者。一代之文，沿袭已久，不容人人皆道此语。今且千数百年矣，而犹取古人之陈言一一而模仿之。以是为诗，可乎？故不似则失其所以为诗，似则失其所以为我。"他说的是学诗的道理，既要模仿并领会诗的文体特征，又要创新而体现个性和时代性。

引申一步，曰：诗的妙处，在于似与不似之间。太像诗了，绝非好诗。太不像诗，又偏离了诗歌文体的本质。诗歌语言有时需要一点破坏性，破坏的是束缚诗歌自由精神的审美路径依赖。

318

诗与语言现实之间，也最好在似与不似之间，甚至在有意无意之间。诗既是语言现实，又不是语言现实。诗是溢出的，语言现实相当于一个容器。

319

沟通的最高境界是默契，即共享不需要语言的心领神会。

诗的象外之言、言外之声、声外之韵，是更深沉的、更真实的。

320

维特根斯坦说："建筑是一种姿态，并非人体的一切有目的的动作都是姿态。""姿态"在汉语诗学中似可对应"势"。势乃动象，由气而发，有形可辨，是突破时空界限的张力外显，是表达主体意念的激情奔趋，但又有客观规定性，符合规律。文章之"体势"，书法之"笔势"，诗歌之"语势"，均展现精神收放的审美原则和审美趣味。

321

《文心雕龙》第三十篇《定势》将"势"作为文体学范畴。"夫情致异区，文变殊术，莫不因情立体，即体成势也。"势从何来？因情立体，即体成势。不同的情致要求不同的体裁、体势，形式须契合内容，势有客观规定性。又说，"譬激水不漪，槁木无阴，自然之势也"。势以何为法？道法自然，自然而然。又说，"旧练之才，则执正以驭奇；新学之锐，则逐奇而失正；势流不反，则文体遂弊"。在表现手段上，不要逐奇失正、弄巧成拙，而要执正驭奇、守正出新。造势、取势，就是为了执正驭奇、守正出新。如何造势、取势？刘勰在《文心雕龙》中多处讲到情感的内在驱动力，"情动而言形"（《体性》）、"为情而造文"（《情采》）、"辞以情发"（《物色》）、"情固先辞"（《定势》）。

322

诗歌中的分节、分行、停顿、转折，首先体现为语势。舒缓还是激湍，饱满还是枯索，强烈还是淡漠，冲动还是冷静，硬朗还是柔弱，语势之中呼吸可闻，情绪可感，节奏可和，心力可探。

诗歌在何处分节、分行、停顿、转折？或为语气的转换，或为视角的转换，或为人称的转换，或为时间的转换，或为叙事与非叙事的转换……所有这些都导致语势的变化，语言的张力打开诗的复杂空间，释放出惊人的能量。

323

被强加意义的语言，非诗人自我发现的语言，未经诗人独特处理的语言（修辞算不上处理），不是诗的语言。诗人不会将语言变成工具，不会功利地对待语言，而是敬畏作为本体的语言。

324

当代挪威学者拉斯·史文德森写了四本颇有争议却仍受热捧的书：《恐惧的哲学》《时尚的哲学》《无聊的哲学》《邪恶的哲学》。恐惧、时尚、无聊、邪恶，都是现代文明带来的人类的生存体验、精神现象，与恐惧、时尚、无聊、邪恶的对视令人类反思自身的迷失和存在的意义，因此构成了当代诗歌所必须关注的题材和主题。

325

在《无聊的哲学》中，拉斯·史文德森写道："现代科技使我们更多地成为消极的观察者和消费者，而不是积极的行动者，这让我们陷入意义的迷失。"他认为，没有对意义的追求便没有无聊，"没有了上帝，人就是虚无，而无聊就是对这种虚无的意识，因此，正视自身无聊的人比单纯寻欢作乐的人更有自知之明"。诗人因为是执着的意义追寻者，所以始终在痛苦和无聊之间摇摆，逃避痛苦便是无聊，打破无聊复归痛苦。拉斯·史文德森说："哲学问题的特征是某种定位的缺失。这也是深层无聊的典型特征：人们迷失了自我和世界的关系，故而不再能找到自我在世间的定位。"诗人的使命，在于直面无聊而发问，打破单调、超越琐碎而体验丰富、追求无限，保持"吾将上下而求索"的信仰。

326

在《恐惧的哲学》中，拉斯·史文德森写道："恐惧已成为一种被文化所决定的放大镜，我们透过它来观察世界。"恐惧与风险紧密关联，在乌尔里希·贝克以及吉登斯的风险社会理论中，现代性意味着社会变迁步伐的加快、范围的扩大和空前的深刻性，譬如全球化就是一个显著特征，局部风险或是突发事件可能导致极大范围的社会灾难。世界民族国家体系可能带来极权主义，世界资本主义经济可能产生全球金融危机，国际劳动分工体系导致生态恶化，世界军事秩序埋下核大战隐患……制度性和技术性所致的风险后果严重，是全球性的，可以影响到全球几乎每一个人甚至人类整体的存在，而个人化的风险让人陷入非理性的困境。拉斯·史文德森说，"我们唯一应该恐惧的，就是恐惧本身"，但是免于恐惧几乎是不可能的。适度恐惧让人找到观察世界的视角，反思现代性的阴暗面，但问题是我们观察世界的镜子并不是平的而是凸凹的。

327

阿伦特在对屠杀犹太人的刽子手艾希曼为什么由一个邪恶制度的顺从者成为那个时代最大的犯罪者之一的分析中，提出了"平庸的恶"这个概念，"这种脱离现实与无思想，即可发挥潜伏在人类中所有的恶的本能，表现出其巨大的能量的事实，正是我们在耶路撒冷学到的教训"。她说，"平庸的恶可以毁掉整个世界"。她在反思极权主义运动中发现，根本原因在于整个社会缺乏批判性思考，并且，既没有个人的反抗，也没有集体的反抗。由此，人们需要从人性层面反思个人的责任，对恶的顺从就是同恶的合作。除了平庸的恶，暴虐的恶更多体现于形形色色的极端分子、恐怖分子、法西斯分子、民粹分子的身上，他们反对人道、人性、人权，排斥异见，毫无宽容和悲悯之心，具有集体的狂热和野蛮的破坏欲，视个体为草芥。由集权专制滋生的奸佞的恶，至今阴魂不散。这种见不得光的、包藏祸心和阴谋的恶，往往披上伪善的外衣，禁锢自由，奴役人性，抛却信仰，谄媚权贵，对于个体的受害者来说，尤其具有隐蔽性和杀伤力。柏拉图将智慧定义为理性的德性，而一切邪恶均是非理性的、反理性的，或由于无知，或由于妄念，而哲学崇尚智慧，"哲学"的希腊文是 philosophia，本义就是"爱智慧"。所以说，邪恶是无关哲学的。

328

拉斯·史文德森对时尚的批判与反思，也可以置于个性主义与集体主义的参照视角之下。作者认为，"时尚作为一种历史现象的出现，与现代性有一个相同的主要特征：与传统的割裂以及不断逐'新'的努力"，时尚"可以被看作一种机制或者一种意识形态"。作者认为，无论个体在参与时尚之中是偏向自我还是顺从潮流，时尚已经改变了世界。个体追求当下满足，始终需要被认可，而个性在被崇尚的同时也在被质疑，时尚终究是强迫性的。德国思想家齐奥尔格·西美尔之前有一篇《时尚的哲学》的同题文章。他认为，对于个体而言，"普遍性为我们的精神带来安宁，而特殊性带来动感"，"时尚是既定模式的模仿，它满足了社会调适的需要；它把个人引向每个人都在行进的道路，它提供一种把个人行为变成样板的普遍性规则。但同时它又满足了对差异性、变化、个性化的要求。"模仿的需要或将个人融入大众的需要，使个人为社会习俗所束缚，而对个性的强调、对人性的个性化装饰，致使打破集体约束的活力展现。时尚"显现着基本人性中的对立统一运作，这种运作借不断地调节比例而重获不断失去的平衡"，但作者最终深刻地指出，时尚昙花一现的表现反映了其虚幻的本质。

329

面对文明的困境和人性的迷失，诗人可以幽默，可以嘲讽，可以戏谑，但这种语调是至为严肃的，而非油腔滑调的。轻浮意味着浮浅，更意味着虚妄。

330

霾，是我们感同身受的时代病的隐喻。它导致能见度低，竭力隐藏事物，隐瞒真相，但每个人都能真实地体验到它带来的窒息感；它几乎成为一种常态的气候，但又是一种恶变的结果；它看上去虚无而漠然，又萦绕所有事物，占据所有空间；它让所有人消极反抗，又不得不长期忍受；它的本源（或者它的责任主体）不是唯一的，但没有任何个体主动自责、担责；它是风险的积累，更是命运的报复。

331

诗人不应回避新的语境，这是书写的责任。自然语境是恒常的，社会/文化语境则不断存在对话和冲突。

332

诗关注当下，并非以历史之舌发声，诗，总体上写意而非写实。读诗更不必参照历史而证明诗中有史实。钱锺书在《宋诗选注·序》中说："'诗史'的看法是个一偏之见。诗是有血有肉的活东西，史诚然是它的骨干，然而假如单凭内容是否在史书上信而有征这一点来判断诗歌的价值，那就仿佛要从爱克司光透视里来鉴定图画家和雕刻家所选择的人体美了。"把杜诗当作新闻体，那是全然不知杜诗的境界。

333

吾尝赞老友柳宗宣为人与诗作皆温柔敦厚。语出《礼记·经解》："温柔敦厚，《诗》教也。"宗宣自中年始经历过颠沛流离，也得到过鲜花掌声，所以诗里有人情冷暖，既饱含喜怒哀乐，又体己恤人，克制情感，情理交融，语气舒缓，从容涵泳，可谓怨而不怒、哀而不伤、乐而不淫。温柔敦厚的诗风得自其经验、修养、心态。王夫之曰："温而婉，则《诗》教存矣。"宗宣之诗，没有健笔纵横的硬朗，而多见柔笔铺陈的细密，温婉含蓄，抒情往往依于叙事，叙事又多有细节。近读美国学者厄尔·迈纳《比较诗学》，忽然悟及其中关系。厄尔说，日本文学中"源氏将叙事作品与基于情感—表现诗学的大量抒情诗联系起来。有趣的是，叙事要求一种道德的情感论，而纪贯之以抒情为基础的诗学却没有提及这一点"。柳宗宣诗作长于叙事，具有亚当·斯密所说的以同情、适度为基础的道德情感。"温柔敦厚"只是本人作为读者对柳宗宣诗歌所贴的简单标签，而非他创作的本意。

334

诗的目的并非教化。明人屠隆批评宋诗："宋人多好以诗议论，夫以诗议论，即奚不为文而为诗哉？"儒家视文以载道为当然，对于诗的教化，同样认为"诗书教化，自古而然"，孔子的"兴观群怨"说定义的就是诗的社会功能。很多诗人视之当然，如白居易在《与元九书》中提出"文章合为时而著，歌诗合为事而作"，在《采诗以补察时政》中说，"乐府，尽古圣王采天下之诗，欲以知国之利病、民之休戚也。"他不但写了很多乐府诗，还建议皇帝"选观风之使，建采诗之官"。察谣资政是西周就已施行的传统。但是，中国诗学传统仍以情感为诗歌的核心范畴，讲究艺术的审美功能和个体的精神性，如嵇康所言"越名教而任自然"，杜甫所言"陶冶性灵在底物，新诗改罢自长吟"，袁枚所言"品画先神韵，论诗重性情"，等等。柳诒徵认为："诗之格律声调色泽神韵宗派家法，末也。性情，本也。"

335

谢默斯·希尼在论曼德尔斯塔姆时感喟："我们自己也正

生活在严峻的时代，诗歌作为艺术的理念正处于危险中，蒙上了要求诗歌成为政治态度的图解的阴影。"他说到诗人的责任："无论世界落入安全部队还是肥头大耳的投机者手中，他都必须进入他的文字方阵并开始抵抗。"捍卫诗的自由，无非以语言为诗人的信念，诗人"必须扬起他的声音"。

336

如果想到写诗是在与自己对话，或者是在与上帝对话，就不会有讨厌的说教腔，也不会卖弄任何技巧。

337

所谓准确，就是用最少的词，尤其无虚字为上。豁然明白，直指人心。

好友余笑忠说我的近作"准确"而"多了不少洞见"，但他同时委婉地给予了批评：他更喜欢"若有所思的诗"而不是"有所思的诗"。但我固执地认为，或许是我的"有所思"而思之不深，或许是我的表达仍然不准确。形象的表达或许比抽象的表达更准确，但思绝不是停留于简单的类比、实证，而是要致远、形上，而不是迂、滞。清代周亮工有言："骛致远者鄙证道为迂，取玄悟者以名物为滞。"

338

诗人要不要读书？这是毋庸置疑的。朱熹《观书有感》："半亩方塘一鉴开，天光云影共徘徊。问渠那得清如许，为有源头活水来。"读书可更新人的知识，开启人的智慧，读书对于写诗确有必要。美国诗人罗伯特·勃莱的诗追求深度意象，力图摆脱理性和学院派传统的钳制，取法于大自然，但他也认为："作为一位诗人，必须博览群书。他必须知道很多东西，因为在心理、生物思想及微原子物理学方面发生的事太多了，这些都是老一辈诗人所不知道的。"

但是，一个诗人的学养不是用来掉书袋的。宋人黄庭坚赞杜诗"无一字无来处"，形成了"资书以为诗"的习气，遭致了许多批评。南宋严羽指出了"以文字为诗，以议论为诗，以才学为诗，且其作多务使事，不问兴致，用字必有来历，押韵必有出处"的时弊。如此作诗，路子越来越窄，形式束缚内容，诗歌便失去活力。

尽管"古人好对偶用尽"，但陆游还是对此有反省的。放翁有示儿诗《示子遹》："我初学诗日，但欲工藻绘。中年始少悟，渐若窥宏大。怪奇亦间出，如石漱湍濑。数仞李杜墙，常恨欠领会。元白才倚门，温李真自郐。正令笔扛鼎，亦未造三昧。诗为六艺一，岂用资狡狯？汝果欲学诗，功夫在诗外。"又有示儿诗《冬夜读书示子聿》："古人学问无遗力，少壮工夫老始成。纸上得来终觉浅，绝知此事要躬行。"钱锺书盛赞陆游学诗要走出字里行间、跳出蠹鱼蛀孔的主张，并引用了其诗文为证："法不孤生自古同，痴人乃欲镂虚空！君诗妙处吾能识，正在山程水驿中""大抵此业在道途则愈工……愿舟楫鞍马加意勿辍，他日绝尘迈往之作必得之此时为多。"钱先生归纳陆游的话说："诗人决不可以关起门来空想，只有从游历和阅历里，在生活的体验里，跟现实——'境'——碰面，才会获得新鲜的诗思——'法'。"

诗人掉书袋涉及两个问题，一是怎么写，二是写什么。

关于怎么写，黄庭坚所谓"点铁成金""脱胎换骨"之法，被人诟病为剽窃。T. S. 艾略特说过："小诗人借，大诗人偷。"也有人说这是互文性，茱莉娅·克里斯蒂娃认为："每一个文本把它自己建构为一种引用语的马赛克，每一个文本都是对另一个文本的吸收和改造。"模仿、引用、借鉴、改写、化用，似乎是无可避免的，使事用典更是普遍手法，只是在于能否真的做到"点铁成金""脱胎换骨"。袁枚也说过："诗须善学，暗偷其意，而显易其词。"他还举例，"如《毛诗》：'嗟我怀人，置彼周行。'唐人学之，云'提笼忘采叶，昨夜梦渔阳'是也。"

关于写什么的问题，诗歌的创造性应该来自诗人独特的个体经验，扩大视野和境地，不是封闭在学问的象牙塔之内，而是投身在无限的自然里、丰富的生活里，活跃诗歌的生命力。

不过，写诗的人不读书之风在时下日盛。很难相信不读书者心智何以完善，不读书者何以判断诗之优劣。从他们的文本里，很容易发现混乱的价值观和逻辑，很容易发现盲目和浅俗，他们以为凭小聪明写就够了。缺乏思想史的启示，缺乏文学史的视野，何以了解诗艺呢？宋代道学家程颐说"学诗用功甚妨事"，认为写诗作文害道，真是胡言乱语。读书是诗外功夫，与山程水驿中行万里路一样重要。严羽说："夫诗有别才，非关书也；诗有别趣，非关理也。而古人未尝不读书、不穷理。"杜甫有句"读书破万卷，下笔如有神"，也强调了学力有利于笔力。钱锺书《谈艺录》说得透辟："初学读《随园诗话》者，莫不以为任心可扬，探喉而满，将作诗看成方便事。只知随园所谓'天机凑合'……忘却随园所谓'学力成熟'。"所以他说《随园诗话》"无补诗心，却添诗胆"，作诗切不可自作聪明，粗率浅俗。不读书真的是不可以作诗。《随园诗话》在"凡诗之传者，都是性灵，不关堆垛"后，紧接着举例，说明用典不悖流露才情："惟李义山诗，稍多典故，然皆用才情驱使，不专砌填也。"袁枚还说："余续司空表圣《诗品》，第三首便曰《博习》，言诗之必根于学，所谓'不从糟粕，安得精英'是也。"

339

西方现代主义的宗师，如写《荒原》的艾略特、写《诗章》的庞德、写《老虎的金黄》的博尔赫斯，都是博学的诗人，诗歌文本甚至繁复到需要增加很多注释才能为读者所理解的地步。其实，看似保守的弗罗斯特也是博学的，他走的是另外一条路，用日常语言隐藏了知识性，用朴素的事实构成了深层隐喻，他的文本同样深奥复杂。弗罗斯特是用具体、切实的词语建筑了抽象、理性的空间，以实写虚。艾略特、庞德、博尔赫斯的诗风是奇博，弗罗斯特的诗风是通达。

340

智慧来自失去。没有天才的智慧。

341

陈嘉映在《语言哲学》中说，理论著作中同一个符号有好几个意义是造成混乱的一个根源，标准的情况应该是每一个符号都有且只有一个意义，与这个意义相应的有且只有一个指称。

而诗歌语言是多义性的，可以是一个指称对应多个意义，也可以是多个指称对应一个意义。诗歌如何被理解？无论诗歌如何小众，它依然是社会共同体合作的精神交往。

柏拉图认为在诗与哲学之间一直存在斗争。而哲学与诗的对立，本质上在于语言上的对立。诗的语言是间接性表达，是形象化的，而哲学的语言是直接性表达，是概念化的。

342

T. S. 艾略特说，思考不是诗人的任务。他其实担心的是诗歌异化为观念的游戏，也就是说，不要把思想塞进诗歌里。诗歌的深度并非来自诗人的逻辑思维。或者说，诗歌的深度来自想象力的广度，来自包容力的多元维度。

343

一件建筑由不同部分组成，是多重性的，但不同部分又是相互联系的，且共同赋予这件建筑作品以意义。一首诗也是这样，多重性的语言构成了诗的整体性。语言是一首诗的材料、结构、符号、信息、秩序、功能。建筑空间（无论敞开的还是隐蔽的，情感的还是理性的）不仅由建筑实体构成，它还需要光、声音、空气的加入。一首诗不仅由语言构成，它同样需要光、声音、空气的加入。否则，一首诗只是语言的堆砌，是死的建筑。

344

严羽以禅道说诗，"大抵禅道惟在妙悟，诗道亦在妙悟"。禅道不立文字，严羽谓盛唐诗"羚羊挂角，无迹可求"，诗以言有尽而意无穷为神韵，说的即是诗与语言的关系。语言的空白即为诗的空灵。

345

自省是诗人最初的哲学。自省同时是对社会的审视与批判。个体置身于且承载着历史文化语境。自省永远是诗人的进行时。

346

诗绝非文字所能传达，诗更是用声音所写成。诗人无法伪装自己的声音和语气。

347

诗人的个体理性，或者说诗人对自我期许的理性，来自其人生经验也来自其社会信念。诗人是从复杂的社会现实中获得思考力的，也是从对野蛮与文明相互搏杀的发现中开始寻求上帝的。

348

诗歌的力量体现为复活的力量。

349

即使你发现了真理，那也是你一个人的真理。你绝不能强迫别人接受它。

350

任何人都有权对一首诗报以沉默。诗人应从这沉默中学会对诗歌（本体）的敬畏。

351

坏的诗歌只是模仿。

但我不同意柏拉图所说的艺术是模仿，是坏的模仿。

反之，我认为，诗歌或者艺术是对世界的发现，乃至是对世界的创造。因此，我们才不会绝望于无意义。

352

好的诗歌具有宗教性的启示。

好的诗人是谦卑的，对世界、对事物的真诚的谦卑。

353

翻译是最深入的阅读。翻译必须突破语言的表象。

354

对于诗歌阅读而言，局限于文本是不够的，扩展阅读文本相关的话语背景则有利于阅读的深入。

355

不过，有时"误读"会形成创造性阅读。

356

伊瑟尔的接受理论认为作品的意义只有在阅读的过程才能产生，强调了读者在作品解读中寻求理解与自我理解的主动性。由于诗歌语言的多义性，诗无达诂，不同读者对于同一首诗的解读有很多差异。譬如翻译，同一首诗的不同译本也相差很大。译者在译诗过程中充满了发现的欣喜、理解的会心，也充满了未解的困惑、误解的忐忑，译者苦于不能与作者直接对话，但增进了与文本对话乃至与文本间性（互文性）对话的深度。译者由此向文本掘进，也向自我掘进。

357

翻译与临帖极其相似，既忠实于原作，又流露出创意。没有创意，没有证悟，也就没有在似与不似之间的乐趣。神似乃得精髓，形似仅得表皮。神似中不失自我，故曰"在似与不似之间"。

358

朱自清《新诗杂话》的《译诗》一文中说："译诗对于原作是翻译；但对于译成的语言，它既然可以增富意境，就算得一种创作。况且不但意境，它还可以给我们新的语感，新的诗体，新的句式，新的隐喻。就具体的译诗本身而论，它确可以算是创作。" 70多年后回顾，朱先生的这一看法依然是确实的。成长于新文学运动的汉语新诗受外国诗影响很大，尤其受西方现代诗影响很大。在这个过程中，译诗给汉语新诗打开了新的视野，也确立了新的标准，如朱先生所言，予以汉语新诗新的意境、新的语感、新的诗体、新的句式、新的隐喻。譬如，他举梁宗岱所译莎士比亚的一首十四行诗为例，"一整套持续的隐喻，也是旧诗词曲里所没有的"。这些新的意境、新的语感、新的诗体、新的句式、新的隐喻，从别的语言移植到汉语里获得了新的诗之生命力，也使汉语逐渐现代化，创造出新的生命力。

在汉语新诗取法西方之时，美国诗人庞德却将目光投向中国传统文化和中国古诗。经历一战和经济危机之后，他认为需要重建价值体系，"整个西方理想主义是一片丛林，基督教神学也是一片丛林"。西方处于失序的混乱之中，而古老的东方智慧作为一种他性的、异质的同时也是经典的、和谐的文化可以被借鉴和引入，以缓解西方的焦虑，在荒原上构建新的秩序。庞德发现，中国古诗里的意象是"一瞬间呈现出理性与情感的复合体"，意象之间的组合形成了诗歌的节奏、肌理、意境，而塑造意象来改造美国诗歌，将打破感伤、滥情的维多利亚诗风，打破拘谨、陈腐的语言锁链，用最少的词语直接处理主观感受或客观事物。庞德借翻译《华夏集》来推行自己的意象主义诗歌观以及意识形态倾向。庞德的翻译经常故意误读，美其名曰"创造性翻译"，其实与创作之间的区分已经模糊了边界（也有人斥之为模仿、改写、剽窃）。他甚至提出，翻译本身就是诗，翻译过来的语言回到了最初的隐喻性，这种语言就是诗性语言。尤尼·阿帕特在《挖宝：庞德之后的翻译》中还概括道：庞德的"创造性翻译"中，有必要将其译作看成是对原作的一定程度的评鉴。从这个意义上说，翻译之于庞德，不仅是创作，也是文艺评论。

诗人译诗，有意无意地都可能加入个人的创造。翻译是译者与原作者的对话过程，是两种语言的对话过程，也是跨文化的对话过程。优秀的诗人译者，有慧眼发现原作诗人的特点和长处，也有能力将其转化、吸收到自己的母语中，这种糅合是绝妙的，是对原作新的激活，也是对母语新的增色。可惜的是，翻译毕竟更多体现为一件遗憾多于激情的工作，在翻译中诗歌所损失的总是太多。对照原文阅读的发现和打捞无疑更多。

359

在同时代的本国语言的诗作中，如果缺乏某种声音，就要从译诗中寻找。为什么自二十世纪九十年代以来，中国诗坛先后关注过俄罗斯白银时代的诗人，米沃什、布罗茨基、扎加耶夫斯基等流亡诗人？为什么一些中国诗人将流亡视为一种命运，将自我放逐视为一种语言选择？译诗是一面面虚拟的镜子。

最近三十年来，大量西方诗歌被译到中国大陆，这使本来以西方诗歌为主要源头的汉语新诗获得了更多的资源，并呈现出汉语新诗创作与理论建构的丰富的多样性。如果有更多的诗人兼任诗歌译者，汉语新诗还会出现更多的可能性。

360

凸显细节，是比放弃冗余更为高超的概括能力。

361

无大爱之心，便失去对事物的细微感受力。

362

在日常生活中提炼出诗意，体味出哲思，或可谓"中年之诗"。朱自清总结，中国新诗起步阶段好抽象议论，缺失具体形象和暗示力量，诗味不足。而在新诗进入 1925 年以后，多了抒情和感觉的成分，有了新的创造，但是抗战以后又回到好议论之中。但也有感觉敏锐、情景交融、值得玩味的好诗，如冯至的《十四行集》。朱自清对《十四行集》的评价很高，"大概可以算中年了"（系借闻一多的譬喻），新诗开始有了中年的深沉和成熟，而比青年时的热情有余要进步。朱自清说："在日常的境界里体味哲理，比从大自然体味哲理更进一步。因为日常的境界太为人们所熟悉了，也太琐屑了，它们的意义容易被忽略过去，只有具有敏锐的手眼的诗人才能把捉得住这些。这种体味和大自然的体味并无优劣之分，但确乎是进了一步。"中国新诗至今一百余年，1940 年代末期之后有约半个世纪在复杂而多变的历史语境中大陆新诗几乎无意于关注日常生活，被所谓"宏大叙事"所遮蔽。1980 年代以后，形式上的"革命性"要求和内容上的"现代性"追求一度成为新诗变迁的主导力量。直到新世纪之后，越来越多的诗人开始"向内转"，关注当下的、日常的境界，去除了公共性写作、姿态性写作、功利性写作的浮躁、肤浅、盲目、虚伪，回到"中年"体验中来。

363

1975 年至 1976 年，经历过大劫波的穆旦写下了晚年的一批诗篇。在《冥想》这首诗的结尾他写道："这才知道我的全部努力／不过完成了普通的生活。"这是看破人的主体性之虚妄所做的自嘲与反讽，是对人的悲剧命运的现代性反思与接受，全诗强烈对比的戏剧性拉开了历史场景，形成了巨大张力。"全部努力"的结果不过是"普通的生活"，其中艰难和荒谬不言而喻。在穆旦的笔下，"普通的生活"如此凝重——目睹被裹挟于历史闹剧中的人性之野蛮、愚昧、凶残、卑污乃至异化到装神弄鬼的地步，感喟一个人的痛苦自赎终于失败，诗人给了我们最悲哀的启示。反思普通生活，或曰理解日常生活，是诗人以诗见证自我、概括自我的本真立场。

364

诗的命运，决定于诗的读者。如果一个时代有一批具有高尚眼光的诗歌读者，则是诗人之幸、诗歌之幸。污名化诗歌及诗人，譬如嘲讽"诗越来越让人看不懂""写诗的人比读诗的人多"，对诗人普遍形成"神经质""非主流"的刻板印象，是一个粗鄙时代不加掩饰的特征。

当代诗坛需要警惕：一些诗歌写作者和批评家形成了名利共同体，利用大众传媒和体制工具，企图给一些劣质文本"镀金"甚至"制造经典""书写文学史"，误导读者、蒙蔽读者、愚弄读者，不仅压制了好诗的传播渠道，而且混淆了好诗的标准，使读者更容易远离诗歌。

365

诗需要想象力。一个轻视诗歌、贬抑诗歌、排斥诗歌的时代是想象力匮乏的时代，是一个短视而低俗的时代。

366

自我何以具有反思性？如果自我不是唯一的，自我与他者必须共处，那么自我就与他者换位思考，在精神的位移中突破局限。

367

自我拒绝成为他者，自我也拒绝被归为他者。逢迎他者、屈服他者，则是自我的他者化。

反过来，以他者的对立面存在而为参照，才能完成自我认知、自我确证。自我对他者的想象应该是平镜式的，而不是夸张的凹凸镜式的，当然这只是一个几乎不可能实现的理想。反过来亦然。自我的分裂，正来自置于他者镜中的自我想象。

人总是矛盾的，往往将自我投影于他者，又将他者投影于自我。就是在矛盾中展开自我审视、自我曝光，以及发现自我的隐秘、自我的未知。

如果自我与他者之间没有界限，自我就会轰然倒塌。

一首诗里如果没有他者的声音就没有语境。

一首诗里如果没有自我的声音就没有灵魂。

一首诗里如果展开了对话，就会引起读者展开自我审视和自我对话。

368

巴赫金的对话理论阐释了自我与他者的关系，确定自我与他者的关系是构成自我意识的过程中的最重要行为。他用"复调对话"来概括不同独立的主体构成的多声部对话，而意义产生于这不断循环的对话之中。"复调的实质恰恰在于：不同声音在这里仍保持各自的独立，作为独立的声音结合在一个统一体中，这已是比单声结构高出一层的统一体。如果非说个人意志不可，那么复调结构中恰恰是几个人的意志结合起来，从原则上便超出了某一个人的意志范围。可以这么说，复调结构的艺术意志，在于把众多意志结合起来，在于形成事件。"就此而言，每一首诗都是一个事件，不仅是文本之内的事件，不仅是诗人个人经验的事件，而且是诗人所处现实—历史语境之中的事件，诗人与他者对话的事件。只有在矛盾、冲突的彼此观照与平衡中才会产生包容、和谐，诗歌的张力、诗歌的深度、诗歌言说的重要性都是在复调对话中自己显现的。词语、意象、隐喻、象征……都隐藏着对话的不同主体。

369

自我往往产生一种幻念，即视与他者的关系为控制与被控制的关系，甚至为奴役与被奴役的关系。诗人往往以上帝的语气说话，甚至产生了上帝由我创造的幻念。值得警惕的是：上帝不是一个他者，上帝在无数的他者之中；上帝不是自我的人质，不是诗人的随从。

370

心与物齐、心物化一，而不是君临万物、心在物外，方可观自在。

371

诗人的信仰往往是私人化的，不是完全的、普遍认同的信仰，诗人的精神关怀与信仰实践是处于不断探索中的。面对不同的现实困境，以本真言说为使命的诗人，从未停止追寻生命的意义，抚慰灵魂的孤独。

艾米莉·狄金森出身于清教家庭，她信仰上帝，但上帝在她的诗中却有着不确定的形象，而且上帝存在的意义遭受到她的怀疑。"那样重大的损失一连两次，/都已在泥土下边。/两次，我都像个乞丐，/站在上帝门前。/天使，曾两次降临，/赔偿我的损失——/盗贼！银行家！父亲！/我又一贫如洗。"

在这首诗中，盗贼、银行家、父亲，上帝的不同形象让诗人感到困惑和矛盾，爱恨交加，信疑参半，希望和绝望并存。

在弗罗斯特的诗里，上帝是退隐的。"但是全都一样，从那些还在玩/捉迷藏的娃娃，到远方的上帝，/藏得过分隐蔽而难以被找到时/都不得不告诉我们他们在哪里。"《启示》一诗的最后一节，深刻表达了一个现代人找不到上帝也难以发现自我的迷茫，上帝的不在场加深了我们的孤独，上帝的不在场也加深了上帝的孤独。

以色列诗人耶胡达·阿米亥曾说："我们始终在写我们失去的东西。"他的诗歌题材广泛，从世俗到庄严，从个人情感到民族记忆，几乎集中于渎神年代的人性省察和战乱年代的上帝无为，他写的是我们失去的人性与神性。在《炸弹的直径》中，他写道："我甚至都不愿提到孤儿们的哀嚎/它们涌向上帝的宝座还/不肯停歇，（直至）组成/一个没有尽头、没有上帝的圆圈。"诗人不止一次质疑上帝的存在，在另一首代表作《在奥斯维辛之后》中，他这样近乎绝望地嘲讽："在奥斯维辛之后，有新的神学：/那些死在'焚烧炉'的犹太佬/就跟他们的上帝一样，/上帝无形亦无体，/他们也无形，他们也无体。"然而，阿米亥并没有认为上帝彻底缺席，而且他仍然寄望于人的自赎。在《上帝怜悯幼儿园的孩子》中，阿米亥写道："上帝怜悯幼儿园的孩子，/却较少怜悯上学的孩子。/对成年人则根本毫无怜悯，/他不管他们，/有时他们必须在灼热的沙地上/四肢着地爬行/到鲜血覆盖的/急救站。/但也许他会关注真正的恋人，/怜爱他们，庇护他们，/像一棵树阴覆着睡在/公园长凳上的老人。/也许他们也会给予他们/母亲传给我们的/最后的稀有的同情之币，/以便他们的幸福会佑护我们，/现在和在别的日子里。"为什么人的年纪越长越得不到上帝的怜悯？那是人被世俗欲望驱使失去天真与自由，乃至堕入战争的深渊。上帝在哪里呢？具有怜爱、同情、庇护的力量，人们自己便走向神性。

在尼采借狂人之口宣称"上帝死了"之后，诗人还在坚守信仰，努力超越绝望、虚无、恐怖。尼采认为，人是依赖于意义而生存的存在物，任何一种意义都胜于无意义。二十世纪人类科技飞速发展，欲望无限放大，同时战争、危机、灾难也不断，相对主义、怀疑主义、虚无主义的思潮波澜起伏。海德格尔将没有神的时代称为"世界黑夜的时代"，工具理性、技术神话、权力符号、社会规制的强光刺盲了人类的眼睛，神性与本真存在被遗忘与被遮蔽，人类返回不到精神家园。海德格尔在关注和反思人的本身中提出了诗意栖居、去蔽澄明的哲学理念，海德格尔说："吟唱着去摸索远逝诸神之踪迹，因此诗人能在世界黑夜的时代里道说神圣。因此，用荷尔德林的话来说，世界黑夜就是神圣之夜。"他提出了"诗人何为"的命题，认为诗人的本质在于诗意追问。我们仍未走出神性之光消隐的世界黑夜的时代，我们仍需以诗歌为信仰和语言之光，照亮寻求意义的漫漫苦旅。

372

诗人通过诗歌转向自我意识和个人经验，并非是对历史语境、现实语境的逃避，而是对中心话语、流行文化的疏离。由此获得诗歌的独立性与诗人的独立性。自我意识和个人经验是得以凸显的主体，而历史语境、现实语境是不可剥离的背景。

373

诗人本人如果是一首诗里的说话者，甚或就是独白者，这首诗的语调体现为更多的人情味。

也有时候诗人在一首诗里隐身，只是一个冷静的旁观者，不是诗中之"我"，其语调则体现为更多的戏剧性。

374

如果可以通过"体验生活"写诗，写作者本人的生活是多么贫乏和虚假。换而言之，写作者原本没有自己的生活。

375

抽象的事物在形式上是简单的。简单中体现出智慧。

376

柳宗宣邮件发来新作。他在中年之后写了不少将回忆、游历、怀古等融为一体的诗歌。读后有感如下：

在一首诗之内，诗人穿行、漫游于不同的时间、空间和生活场景中，不同的自我互相观照和审视，并遇见命定的一个个他者以及假想的一个个亡灵，不断产生新的理解、困惑、反思——诗人的自我启示由此展开，既打开了叙事的多重可能，又打开了蒙太奇构成的戏剧性意境。诗人与自身命运抱为一团，在视角变迁、意象挪移、诗行跳跃、气息断续的各种转换中，以强烈的肉身在场感，叙说内心的起伏、命运的转折、生命的得失。个人经验是不可抗拒的，对于一首诗来说，这些只是起点。由于存在的本质是时间性的，存在向不确定的未来而展开，诗人从具体的现实中分离出来，一再询问自己与世界是否建立了真实的联系，故而这种穿行、漫游虽不知所终又笃信意义，愈发显得孤独和执着。

377

诗歌的情感是诗人在无情世界里创造的人性的情感。换言之，从无情世界里创造的人性的情感必是诗性的。

378

诗歌的情感是人性的，但不拒斥与神性对话。某种意义上，神性即理性。在人性与神性的分离中，或曰人与理性的分离中，人将处于绝望。而诗歌不是绝望之歌，是人在几乎无望的孤独、无助中看到的光，由此人向神诉说、发问，乃至可以不期待神的回答、肯定。

379

诗歌的情感是人性的，故而是世俗化的。世俗化将无限扩大诗的疆域，诗因此有无限变化。

世俗化的包容性大得难以想象。举例而言，佛教在中国的基本传播模式逐渐明晰为"人间佛教"，即佛教的人间化、生活化、世俗化，是人的佛教而不是释迦牟尼佛的佛教。基督教在中国的传播模式亦是如此，神与人的沟通渗透到人的日常活动中。华夏文明就是在传播、传承、发展过程中吸收、改造了多元异质文明，通过世俗化力量的不断扩张与包容而形成的人的文明，是生命的尺度而非死亡的尺度。华夏文明之所以今天仍然发扬光大，仍然海纳百川，就在于以不变应万变，相信有人而有世界。任何宗教如果一成不变、唯我独尊，那么不仅在不同宗教之间，即使在同一宗教的不同教派之间，势不两立、你死我活的争斗也将长期存在，成为无休无止的灾难和恐惧，危及人类自身，也让神不得安宁。西方的宗教改革，同样，在不同时期一直没有中止，一直在试图回答人所不断面临的新的现实问题。宗教的世俗化不是反宗教，更不是转向无神论，而是人与神面向未来的共同想象与共同叙事。

诗和宗教一样，是人与神面向未来的共同想象与共同叙事。所以，诗永远是不断变化的情感与理性交融的奇迹，是生命的奇迹，不脱离现实又超越现实的奇迹。

380

在西方，文艺复兴运动开启了文艺的世俗化进程。首先，从语言上来看，诗的世俗化意味着诗的语言不再是神谕、启示录，也不再是宫廷体、格律化，而是大胆表达情感的日常语言甚至就是口语。现代诗更是远离空洞的箴言、华丽的修辞、僵化的形式，语言的解放与诗的自由是一致的。

381

无论诗的世俗化如何发展，诗始终是高贵的，因为诗永远不会世俗到沦为情感的消费物。诗的真实注定了诗是植根于生活的鲜花，既不是花瓶里的插花，又不是碾作尘的落花。

382

宗教对人的审判是把人当作罪有应得也必须剥夺自由的魔鬼。

而诗歌对人的拷问是把人当作值得同情也需要予以拯救的弱者。

383

诗的民主源于诗的自主。

384

只要一直在写，写下去而不是写不下去，一个写作者就会对自我有新的发现。

385

越是戴着镣铐，诗越是努力地追寻和探求自由，增强向往的动力和精神。

386

诗忠实于诗自身的现实，而不是妥协于外在的现实。诗人的写作是实践于诗的现实，而不是实践于外在的现实。实践于诗的现实，是诗人的命运担当。

387

把诗歌写作与生命体验乃至对生命意义的追寻融为一体，就会摆脱所谓的"才子气"。不矜才藻，滤去杂质。

388

正如生命中会出现许多偶然，一首诗的诞生也看似是偶然的。然而，这正是一首诗的命运。诗中的场景、意象、声音、节奏……原本就是在那里的，诗人只是与之不期而遇。

389

客观的场景、意象、声音、节奏……如何成为诗人的生命存在、诗性存在？需要的不只是转换，更重要的是融合。诗性空间由此敞开，所谓神游物外，任由想象，如临其境，亦虚亦实。

390

如果将他人的写作神秘化尚为无知，将自身的写作神秘化纯属自欺。写作时绝不存在神灵附体、梦笔生花，写诗时只会更为自觉地感知、体悟、思想。下笔如有神，诸如经验与想象互动、感性与灵性交融、意识与无意识渗透、有形与无形贯通、自我与非我对话等等，决非不由自主的梦游与呓语，而是充满主体性的敞开与迎候。

391

诗歌写作并不神秘，然而永远神圣。诗歌写作的神圣性是且只是在诗歌的内部。

392

诗歌写作摆脱一切道德的、意识形态的、逻辑的、修辞的目的。

393

诗歌写作是一次燃烧，语言是看得见的燃料，而看不见的氧气更不可或缺——那是语言之外、意义之外的自由精神——

在封闭的空间里，语言就会窒息。

394

诗歌语言拒绝的是概念，但并不拒绝思想。思想的表述可以不需要概念，譬如借助形象来启示。概念易为经验所囚禁，而形象可以融通经验和超验。形象是诗歌最核心的内容，否则诗歌和思想都失于空洞、贫乏。

395

诗的秘密，无非是不疑与疑的秘密。

诗歌的语言秩序指向确定性，而诗歌的语言阐释指向不确定性。

诗人的思想方式是从怀疑开始的，在不疑处有疑，并且可能终于未知，但是，在一首好诗里，诗人一定能呈现某种确定性的东西，它不容置疑地支撑起这首诗。

诗歌是最高的虚构，但又是最真实的言说。

396

诗人未从言说中缺席。那些指望语言能说出比自己的本意更多的写作者，可能在游戏的迷幻中变得不知所云，或者任由无智性的本能驱使，或者任由他者化的话语霸权，这不是心灵的自由游弋，而是舌头的魔鬼运动。

397

不要企图言说那些自己尚不相信的东西。那是自我愚弄，是反智，是大伪。

398

卡尔·波普尔认为，科学理论的表达一般为全称判断，而经验的对象是个别的。诗人不是科学家，但诗人的个体经验可以证伪某些所谓的"真理"是如何的谬误。诗歌绝不为某种意识形态辩护，诗歌也绝不是教条或结论。诗歌在通向真理的道路上，永远表现为某种意义的不确定性，但是言说本身无比坚定，没有任何的假冒、掩饰、猜测、犹豫。诗歌的作者是"我"而不是"我们"，诗歌的读者也是"我"而不是"我们"。

399

可口可乐的成分是公之于世的，但是其配方却是一个秘密。再打个比方说，作曲家通过动机、速度、长度、音域、旋律、节奏等展开其乐思和主题、情感和风格，乐曲的技术"成分"是公开的，但是每一个演奏者、每一个聆听者所理解的同一乐曲的艺术"配方"是不一样的。一首诗的秘密在于它的配方，而不是它的成分。也就是说，一首诗的秘密在语言之外。

400

最可怕的是对良知的限制，而不是对邪恶的纵容。对良知的限制，常见的手段便是在道德审判的同时制造恐惧，伪善与极恶互为表里。

401

对良知的限制必然消灭个性，扼杀自由。诗歌的力量正在于保存和延续人类的个性，激励和创造人类的自由。这是诗歌的伦理学，也是诗歌的美学，甚至就是诗歌的宗教。

402

一个诗人写出的诗，愈是个性的，则愈能打动更多人。因为这个诗人说出了更多人想说但没有找到言说方式的秘密。

403

诗歌的语言是最为自由的，也是最为严密的。它是一个织体，既有柔软的力量，又有细致的结构，可以任意舒展也可以层层铺垫。

404

诗绝不要求读者必须一齐爱或一齐恨，一齐感伤或一齐觉悟。诗是自由之路，而非奴役之路。

405

以有限经验来观看未知之物是迷惘、荒谬的。诗人怀有一颗好奇之心，每一次观看均突破既有经验和视域，即使面对熟悉之物也将探寻不解和未知——换而言之，诗是永远无法预知的，诗是意外。

406

诗不怕被误读。诗更期待引起辩论。诗歌作品的经典化过程就是被一再误读、一再辩论的过程。

407

诗歌作品的经典化过程离不开传诵。成为经典的诗歌，即便佶屈聱牙，也有人们提及时就脱口而出的句子。

408

有人认为，诗的表达应该追求极致而不是执两用中。而我认为，诗的表达应该交互冲突、交织矛盾。何须故作惊人语，恰是不期然而然。历险性、颠覆性的表达固然别开生面，但是含蓄、包容的表达更富有效率。

409

诗是最为简洁的文体、最有表达效率的文体，因为诗把冗余语言剔除了，让时间空灵和完整，或者说让时间成为无。

410

诗在欲言又止之间。

411

礼失求诸野？好诗在民间。

412

诗歌作品的经典化过程不仅体现在其描述和反思了当时的精神生活，而且体现在其可能阐释和影响后来的精神生活。这个过程是文化叙事的过程，是多元主体形成合力的过程。

413

民间好诗从来不是为了文学史而创作的。自由之声能够穿透历史的帷幕。

414

诗歌作品的经典化过程生成了意义的秩序。而反意义同样是有意义的，反经典、反阐释、反意义，从来就是改写文学史的力量。诗的美学标准在交叉进行的结构和解构中变化，但是任何解构仍然有针对性、目的性，是在破坏旧秩序中寻求新秩序。不管如何变化，总是没有离开秩序。所以，继承与突破之间，否弃与创新之间，不是断裂的关系而是嫁接的关系，不是取代的关系而是融合的关系。经典作品往往是非常有包容性的。

415

扎加耶夫斯基在随笔《反对诗歌》中批判了那种"既欢迎狂喜，却又拒绝任何负面的东西"的诗歌不是自由的，而是伪善的。"那种小诗歌，精神贫瘠，无智慧，一种谄媚的诗歌，卑躬屈膝地迎合这个时代的精神刺激，那种懒惰的职业官僚似的东西，在一团幻觉的污浊的云里迅速地掠过地面。"他引用了散文作家维托尔德·贡布罗维奇的同题随笔文章，贡布罗维奇反对某些诗歌过分的"甜蜜性"，即诗歌里过量的糖分。今天，汉语诗歌里同样有大量的"心灵鸡汤"、风花雪月、灵魂麻醉剂、世俗箴言、乐坊小调等等。其中缺乏对现实的观照、对经验的怀疑、对情感的沉淀、对自我的反思、对信仰的理解，回避悲剧与苦痛、批判与理性。所谓"轻诗歌"

"浅阅读""去意义"，将诗歌娱乐化、快餐化，兜售肤浅、轻浮和庸俗，参与粉饰消费文化景观，这最多只是精致的技巧游戏，并不是真的自由，而是逃避责任、作茧自缚、与恶共谋。

416

鲍德里亚关于消费社会的研究揭示了后工业时代人被物包围的文化现象，媒介化、符号化是其中的显著特征。今天，我们在刊物上、网络上可以经常读到迎合读者、取悦读者的所谓"明星诗人"的作品，他们善于包装自己和营销自己，化身真人秀的"诗歌导师"，在各种"诗歌节""论坛""颁奖典礼""采风活动"中赶场子、拼人气，倡导小资趣味的"快乐写作"，炫耀智商和技巧，夸饰"学院派""小圈子"的身份建构，自我迷醉，释放欲望，以貌似华丽、时尚、虚拟、高端的语言表演来吸引新一代诗歌粉丝，放大符号价值。这"能指的狂欢"恰恰暴露了内容的苍白，"偶像的光环"恰恰暴露了主体的虚无。

417

可悲的是，中国当代诗歌评论家们也大多乐此不疲地构建自己的"明星"角色，加入到"娱乐至死"的饕餮之中，参与分配和消费，完全失去了对诗坛乱象的监视、批评、分析。为什么每一次诗歌评奖都引发舆论的嘲笑？诗歌评论家们的专业主义哪里去了？诗歌的标准和价值哪里去了？伦理失落，人文失落，诗性失落，交易明目张胆，诗坛俗不可耐。

418

试想，诗坛的既得利益者高度利用体制和大众媒体，忙于通过编选作品集、撰写吹捧文章、排座次、贴标签来盗取声名，通过提高诗歌活动的曝光率、增加作品发表数量和获奖数量来博取关注，急于互相指认"代表作""成名作"，遮蔽和覆盖同时代拒绝同流合污的诗人的作品，这样能够完成他们作为所谓"著名诗人"的作品的经典化吗？显然，这是一个高成本、低笑点的笑话。

419

诗歌必须破除概念化。概念化遮蔽了真实。破除概念化即是破除名相。

420

诗之反讽，务去恶趣。以恶言恶语为反讽，大谬也。

421

诗在语言中，如鸟在空中，鱼在水中。要把语言写成天空或流水，语言是域，是境，而不是把语言编织成网，捕鱼系鸟，不可穿透。

422

所谓"中年之诗"，即是向内心拓展，内心的世界可广大到无限。中年之前，多为向外求物。中年之后，向内格物。

423

每遇意象凌乱、语言拼凑、表意游移、穿凿附会的诗歌文本，便弃之不读。但也有的文本，其中或有所构思，或可见佳句，觉得可作删改。改诗非作者自己不能为，而删诗也许可请人代笔。一个著名的例子就是，艾略特在《荒原》完成初稿之后请庞德斧正，庞德将其大肆删减。虽然对庞德的删减本毁誉皆有之，但是庞德的确是重视诗歌的简洁性的。据研究者考证，庞德曾说到自己是如何将《地铁车站》删成两行诗的，"我写了一首 30 行的诗，然后销毁了，……6 个月后，我写了一首比那首短一半的诗；一年后我写了下列和歌式的诗句。"庞德在另一个地方说，他把头两次写的 30 行、15 行诗销毁，是因为那些诗属于"次等强烈"的作品，而只余下两行的这首诗的确引起了人们的强烈注意，成为名作。庞德曾将"更好更简洁"视为意象派的写作理想之一。此外，庞德还说过不用多余的词，不造成抽象，不用装饰，不让每一行诗句结尾时突然停住，既要简洁又要含蓄。

中国古诗有着删繁就简的传统，不但追求言简意深、言近意远，而且追求言外有言、意外藏意。庞德深受中国古诗以及日本俳句影响。汉语新诗自诞生起也注重简洁性。1936 年，胡适在《自由评论》上发表《谈谈"胡适之体"的诗》一文，论及白话诗的简洁性问题。他概括道，"消极地说凡是要删除一切浮词凑句；积极地说就是要抓住最扼要最精彩的材料，用最简练的字句表现出来。"简洁性不仅是一个表达是否节制、是否有效率的修辞问题，更体现为诗人如何处理语言与世界的关系。诗的语言并非要造成混乱，而恰恰是出于明确，只是语言本身具有深刻的模糊性、复杂的暗示性，在语言非同寻常的运动中，展示出一个多维世界而不是一个平面表象。诗歌的语言是有机组成的表达结构，而不是一堆建筑材料，简洁就是对结构力量、结构形态的抽象。

424

中国古代诗学将富有表达力的词、句称为"点睛之笔"。所谓"点"，就是点化、点破，且惜墨如金，不需多少语言材料，有时一个字就够了，一字一睛，甚至一字贯全篇、活全篇。所以，诗人很重视炼字。俞平伯讲温词《菩萨蛮》："三四两句一篇主旨，'懒'、'迟'二字点睛之笔，写艳俱从虚处落墨，最醒豁而雅，欲起则懒，弄妆则迟，情事已见。"按照俞平伯先生的解读，"懒""迟"这两个字不仅描摹情状，而且叙述情事；不仅表达情感，而且渗入情趣；语义虚虚实实，审美层层叠叠；不仅婉约含蓄，而且醒豁精到——一个字兼具如此多的作用，这是汉语之妙，新诗应继承之，而不可忽视、抛弃。

同时需要区分"点睛之笔""诗眼"的内涵。江西诗派所说的炼字、诗眼、句法，"以一字为工"，"如灵丹一粒，点铁成金"，其实过于强调化用前人，过于强调多读书，实不可取。黄庭坚也明白"自作语最难"，如果诗人的语言运用新意夺目，断不必取古人之陈言。庞德在为《荒原》做删减时曾告诉艾略特，前人比你写得好的题材，就不必以为模而再写了，说的也是这个道理。

425

失去汉语的优雅，抛弃东方美学，经不起推敲更经不起咀嚼，是想象力的枯竭，也是诗意情怀的丧失。

西方现代诗的审丑化、粗鄙化、口水化，不管是语言、题材、主题，都在颠覆、消解古老的诗意和人神对话的信仰传统，垮掉、嚎叫、自白、后现代……一些诗歌流派在拓展新的表达空间的同时，也陷入远离诗意的困境，一些惊世骇俗之举却表现为另一种沉沦媚俗，迎合了新的大众需求和意识形态。

汉语新诗在全球化的语境中，应全面整理传统，不可过度偏废。

426

美国诗人加里·斯奈德早年加入"垮掉的一代"，受到写出《嚎叫》的金斯堡的较大影响。他后来却学习禅宗，寻求当下顿悟、人间菩提的东方智慧，向中国诗人寒山、王维和日本俳句诗人松尾芭蕉、与谢芜村、小林一茶等汲取营养。他的视野是开阔的，接受多元文化的观看方式，认为自然和日常生活会启示、言说。他把写诗视为形成自己的世界。加里·斯奈德的诗歌实践表明，诗禅相济的东方审美传统在物欲横流、价值涣散的当代依然是有巨大价值的。

427

詹姆斯·赖特、罗伯特·勃莱等一代美国诗人均深受中国古代诗歌的影响，关注自然、风景，所谓"深度意象"即是王国维所说"一切景语皆情语"，自然、风景被赋予深层意识的暗示，唤起内在的情感。加里·斯奈德批评詹姆斯·赖特等写法仍有失"生硬"，笔者揣测，精神贯通了诗歌就是活的、有灵气的。如果有失生硬则表明诗人与自然依然是分离的而不是融合的。

428

诗歌是反抗时间的艺术，或者是超越时间的艺术。

429

自省的诗歌中，诗人不是极力美化地认知、叙述、想象自我，不是以独善其身为标榜，而是挖掘自我与外在的冲突，产生思想的激荡，产生情感的张力，诗歌的格调因此而卓然真实。

430

一首诗的面目和归宿，是从诗人如何自观而开始的。

431

诗人常常被身边的人所嘲讽：诗人要么是被现实所抛弃的人，要么是抛弃了现实的人，诗人与现实是格格不入的。其实，诗人是最为现实的，他们努力地保持生命的尊严和弱者的良心，而不是自我抛弃，不甘于被别人同化，更不甘于被别人奴化。

432

一个诗人在见证灾难之后，会产生深切的羞愧和自责，因为他会打量自己是否面目全非：为什么自己能够目送受难者的背影？自己是站在加害者的行列中吗？即使不是，那自己的怯懦和沉默是否也构成了与加害者的合作、共谋？为什么自己将放弃不可能的抗争作为理性？而接受痛苦的惩罚又何益于自我解脱？

作为无奈的幸存者之一，诗歌成为诗人真实的证言。对于已经受害的人来说，这份迟到的证言算不上抚慰；对于诗人自己来说，这份冷静的证言算不上救赎；但是，对于经常失忆的一代又一代人来说，这份低声的证言足以警醒灵魂。

433

诗人是怀有孟子所言的"终身之忧"的人。

434

虽然我无意于诗名，所作之诗只是敝帚自珍，但我希望后世称我为诗人。我的人格和观念，我的趣味和性情，一直以诗为师。

435

诗人并非将自身隔绝于现实之外，也并非寻求现实的庇护，而是将现实转换到理想。

诗人从不扭曲或误解现实，反而一直镌刻现实在个人心中越来越真实的记忆，越来越不可磨灭的记忆。

436

不要给一首诗设立什么评委。

不要让个人的生活为一些自封的"裁判"所说三道四。

不要和别人比谁的生活更好，同样不要和别人比谁的诗好。

诗人所需要寻找的只是自我，当然仍可以假设世上或有知音。

437

最可怕的莫过于一些人在集中营里继续寻求庇护所，另一些人在集中营里继续奉行丛林法则。

438

见证是为了记忆、反思、诉说。作为见证者的诗人是有罪的，但是没有放弃赎罪。

439

诗的表达不是假话，而可能是假说。假说是对真理的想象、对个人的实践。

440

诗的理性是个人的、内部的理性而非普遍的、外部的理性。

441

诗人与理性的关系即诗人与神的关系。每一个诗人有自己的缪斯。诗人与缪斯的分离，是与理性的分离，也是与自我的分离。对于每一个诗人来说，缪斯是唯一的。从来没有一个大众情人般的缪斯。

442

诗的见证不是为了表现痛苦，而是因为不可以抑制那些痛苦的记忆，不可忘却痛苦。否则，后来者将重复前人的痛苦甚至加深和扩大这本应避免的痛苦。诗人应努力告诉人们，过去的痛苦并非无意义的。

443

如果为了免于恐惧而遮蔽痛苦、隐瞒邪恶，一开口便成为虚妄或欺骗。

444

相较于对痛苦的缄默、对邪恶的忍让，对美好的抹杀、对良知的限制则是暴行，更为无耻。诗人的理性在于正视痛苦和邪恶，歌唱美好和良知，这是一种情怀，也是一种智慧。

445

诗的属性是向往自由和真。对于一个诗人来说，向往自由和真的道路绝不会平坦，难以回避无处不在的意识形态和社会环境。即使有人宣称自己的写作"取材自然"，或者走"纯诗"路线，或者限于书写性情，甚至"只关风月"，但是，作为思想者的诗人不可能没有对视现实的精神抗争。当然，诗人可以用审美、想象、虚构等方式主观营造一个抽象、纯净的精神世界，但是，没有经过否定、反思的"浪漫"其实是苍白而虚假的，是没有自由和人性的力量的，只是一杯糖精水，连甜腻的蔗糖水也比它真实。

446

何谓大师？对于后世而言，大师意味着名篇标准（作品），意味着精神典范（作者），意味着诗歌秩序（文学史），意味着跨越时代的价值建构（现实影响力）。譬如，杜甫之为大师，"李杜文章在，光焰万丈长"，后世学杜，代不乏人。对杜诗的评价，有几点已经成为共识。一是《新唐书》所誉之"善陈时事"，"世号'诗史'"，即杜甫的家国情怀和历史情结。二是杜甫《江上值水如海势聊短述》所自我概括的"为人性僻耽佳句，语不惊人死不休"，杜诗之笔力顿挫沉厚，殊为高标。另，黄庭坚称杜诗能陶冶万物，点铁成金，即赞杜诗之精妙工稳，用事用典妥帖无痕。三是杜诗的创新力。杜诗律切精深，完善了唐诗的音律，尤其是对于五律、七律的成熟，杜甫功不可没，自谓"晚节渐于诗律细"，吴小如说"杜甫写律诗是后来居上，比起同时代的人，他是一个先驱者"。笔者认为，《秋兴（八首）》是严格意义的组诗，这样精密严紧的结构在中国古诗词中是罕见的。杜诗传世之作甚多，对于中国文学的贡献体现在很多方面，作品的生命力至今毫不陈腐而愈见奇崛，杜甫的创新价值无疑比他的功力典范更值得我们学习借鉴。

今读南宋陆游《书愤》，后世评价此作得力于杜诗，有沉郁浑厚之风。有感于此，略记心得，向大师杜甫致敬。

447

杜甫这样的大师，方可称得上"源头性诗人"，因为他的作品成为经典和传统，因为他的创作启示了创新和想象。但是，当我看到一些刊物将某个"网红"写作者称作"源头性诗人"，而此人竟轻薄米沃什、布罗茨基等大师之时，我感到缺乏理性就是一种野蛮，不知敬畏就是诗意丧失，这样断然不能产生创新价值。

448

微笑绝对不仅是肌肉运动。诗歌绝对不仅是语言运动。微笑是一种语言的表达，也是一种发自内心的形象展现。诗歌和微笑是一样的，语言和形象毫不分离，构成了奇妙的运动。

449

诗歌的奥秘在于语言没有显示的部分，也就是隐藏在语言的深层结构里，以及隐藏在语言所不能概括的形象里。

450

波兰女诗人辛波斯卡的诗《种种可能》里，有一句可以引起所有诗人的感动和共鸣："我偏爱写诗的荒谬，胜于不写诗的荒谬。"她深深地懂得现实的荒谬，没有诗意的世界是虚无的、令人绝望的，太多非诗的东西消解着生活。只有敏感而隐忍、谦卑而尊贵的诗人才会保持对诗歌的热爱，写诗对于掏空灵魂的人而言也许是荒谬的，而诗人则从不可能中看到可能。对于诗人而言，诗歌就是他们的信仰，诗歌安放着每一个个体自由的灵魂。

451

若时时警惕，处处警惕，则不可能成为诗人。恐惧与外界对话，放弃与自我对话，即是排斥外界、排斥自我，禁锢了情感，关闭了情怀。

452

诗的对话从提问开始，寻求可能的答案，即使不给出答案也会引人进入诗歌营造的世界，直面习以为常却一无所知的事物。智利诗人巴勃罗·聂鲁达的《疑问集》被誉为"一部微型杰作"，由74首诗、316个没有给出回答的问题组成，诗人向自然、宗教、历史、政治、时间、语言、死亡、生命、真理、梦境等发问。有的问题貌似荒诞不经其实严肃理性，有的问题以轻松有趣的口吻提出却令人不敢轻浮以对，有的问题打捞起不该遗忘的记忆，有的问题插上了神游物外的翅膀，每阅读一首便需掩卷深思一阵。《疑问集》是聂鲁达去世前数月完成的，是诗人临终前回望生命、探究世界的总体性提问。《疑问集》的写作方式，也是所有诗人的在场方式、思考方式、言说方式。甚至可以说，失去疑问就无诗可写。

453

诗人的野心应该是原创的野心。原创不是对潮流采取追随方式，但也不是对传统采取虚无态度；原创不是被动模仿现实，但也不是被动服从幻觉；原创不是抛弃理性，但也不是另立规则作茧自缚。原创是主体对客体全部投入的探险，是形式与内容水乳交融的结合。原创形式是纯粹形式。原创主体是诗性主体。原创来自创造力旺盛的生命机制而非相反相成的语言机制。

454

诗的写作需要训练，天才的写作其实也经过了训练，只不过天才的训练不是停留于语言、文体，而是融入生活、生命，直接显示人的本性，探索人的本质，承受人的命运。天才的写作是原创的，不需要修辞策略。天才产生于思想的自由。

兰波，这个诗歌天才，这个誓言"我愿成为任何人"的缪斯之子，用生命来实践"下地狱"的体验。他将之视为"我对世界的反叛只是一段短暂的苦刑"，"我曾经被彩虹罚下地狱，幸福曾是我的灾难，我的忏悔和我的蛆虫：我的生命如此辽阔，以至于不能仅仅献给力与美"。为什么呢？因为他的信仰是"我认为诗人应该是一个通灵者，使自己成为一个通灵者"，"考察不可见的事物，倾听听不到的东西"，"必须经历各种感觉的长期广泛的有意识的错轨，各种形式的情爱、痛苦和疯狂，诗人才能成为一个通灵者，他寻找自我，并为保存自己的精华而饮尽毒药。在难以形容的折磨中，他需要坚定的信仰与超人的力量；他与众不同，将成为伟大的病夫，伟大的罪犯，伟大的诅咒者，——至高无上的智者！——因为他达到了未知！他培育了比别人更加丰富的灵魂！他达到未知；当他陷入迷狂，终于失去视觉时，却看见了视觉本身！光怪陆离、难以名状的新事物使他兴奋跳跃以致崩溃：随之而来的是一批可怕的工匠，他们从别人倒下的地平线上起步！"

"我愿成为任何人"，"我要成为一个他者"。诗人体验得越多、越深、越错综复杂，即木心所谓的"博识"，就越能"成为一个通灵者"，发现自我，达到未知，实现新的创造。

所以，一个通灵者才是一个盗火者、创造者、命名者。兰波写道："我创造了所有的节日，所有的凯旋，所有的戏剧。我尝试过发明新的花、新的星、新的肉体和新的语言，我自信已获得了超自然的神力。""诗人是真正的盗火者。他担负着人类，甚至是动物的使命；他应当让人能够感受、触摸并听见他的创造。如果它天生有一种形式，就赋予它形式；如果它本无定型，就任其自流。找到一种语言；——再者，每句话都是思想，语言大同的时代必将来临！"

兰波，成为一个通灵的诗人，因此掌握了语言炼金术。一个先知先觉者必然拥有优于庸常的言说力量，必然打破陈腐的诗歌观念和语言法则。他的创造是惊世骇俗的，也揭示了一个时代的精神危机。尽管兰波的想法有些自满甚至有些疯狂，但是，他启发了我们：未知是难以穷尽的，创造也难以穷尽。

455

兰波的诗句也曾被写在 1968 年法国巴黎学生运动的街垒上。兰波曾被误读为一个社会反抗者、革命者。不仅是兰波，现代诗人常常被误认为是反理性的（其实是非理性的），诗人与社会运动之间的关系值得反思。

需要警惕诗人成为极权主义的符号。诗人并非无神时代的上帝，不要以人类精神的主宰者自居，不要被极端的个人主义所驱使，诗人只是自我的代言人。精神创造未经转化并不适宜直接介入社会变革。

纳粹美学的叙事表明，极权主义者也追求力与美，但缺失真、拒绝真。真离不开个体诗意化、审美化的生存，而不会存在于集体符号化、仪式化的表演。真，与强制无关，与极致无关，与等级无关，与修饰无关。

456

在法国文学史上，维庸、萨德、兰波，有着共同的气质，有着相似的人生境遇，也同样带给我们关于善恶的思考。

弗朗索瓦·维庸出生于 1431 年，幼年丧父后为一个神甫所收养，并获得了良好的教育。他成长于英法百年战争的末期，一个动荡的年代。他个人的生活则是自导自演的动荡主题剧，组织学生运动、游荡、酗酒、斗殴、偷盗、抢劫、杀人、亵玩女性……1463 年 11 月，在观看一场斗殴时死去（也有人说从此失踪，下落不明）。这个在堕落和犯罪中度过短暂一生的浪荡子，这个一再被惩罚和赦免的忤逆之徒，这个在午夜街头、封建宫廷和监狱之间无所归依的游魂，却是一个伟大的诗人。他常常处于惊恐之中，为死亡的气息所笼罩，两次提前写下遗嘱，请求上帝和世人的宽恕。1456 年维庸出版了诗集《小遗嘱集》，1462 年出版了另一部伟大的诗集《大遗嘱集》。俄罗斯诗人曼德尔斯塔姆是这样理解维庸的人生的："这个人一心要与来自社会阶梯每一级的三教九流人物建立重要的、根本性的关系，从小偷到主教，从吧女到王子。他以何等的乐趣讲述他们最珍贵的秘密！"

　　维庸在《遗言》一诗中感喟，"在我一生的第三十个年头，/我早已蒙受了一切耻辱……""我飞逝的韶光突然不见踪影，/竟没给我留下什么纪念。"对死之必然和生之痛苦的恐惧，诗人看到肉身难以对抗时间的结局。他回顾自己"含泪而笑"的绝望人生，"我处处受欢迎，又被人人厌恶"。在反思之中他祈求上帝宽恕自己的罪孽，并宽恕所有人的罪孽，语调深沉而柔和。《回旋诗》这样写道："这些死者生前，有的人/卑微，有的人骄倨，/有的人贵为天子至尊，/有的人沦为奴仆，充满恐惧，/我从这里看到大家共同的结局，/只见他们乱糟糟地挤成一团。/他们的领地已被人夺去；/教士或主子都无从分辨。/如今他们离开了人间，上帝守着亡魂！/至于肉体，他们已经腐烂。/无论他们曾是贵妇或贵人，/养尊处优，恣意寻欢，/吃尽乳油、麦糊或米饭，/他们的尸骨都化为尘土，/他们的欢声笑语都烟消云散。/但愿仁慈的耶稣将他们宽恕！……"曼德尔斯塔姆说维庸的人生不断在反叛与自救中浮沉，"做到在一个人身上同时兼备原告与被告"，这不仅指他两次被处以绞刑而两次分别向查理七世、路易十一世写信上诉并得到赦免，而是他真正深入思考过善恶、生死，"表达了对自己的温柔、注意或关切"。这与兰波自谓"我的生命不过是温柔的疯狂"同样意义深刻，诗人从未放弃过自我审判也从未放弃过自我爱恋。他们有着共同的伤痛，在人世得不到治愈，而需要死后的解脱。如兰波临终之际所言："我需要太阳。太阳能治愈我。"

萨德1740年出生于一个没落贵族家庭，曾就读于只有高级贵族才进得去的军官学校，1756年七年战争期间参加战斗且屡获晋升。1764年在父亲去世后继承了父亲三省荣誉总督的职务，岳父家也是贵族，婚后萨德获得了巨额财富。按理说萨德应该顺风顺水，但他一生中遭受了29年牢狱之灾，多次被判处死刑又多次逃脱断头台，也多次被关入疯人院。1814年，几近失明、浑身病痛的萨德死于疯人院内，享年74岁。萨德最初的放荡与邪恶是由于他出身于旧制度时代，享受贵族的特权，骄横而虚荣，"一切得为我让路，整个世界要恭维我的任性"。另一方面，他又在自由的新风俗中放纵冒险，亵渎上帝，虐待女性，被判定为犯下卑劣、变态、残暴的罪行。在漫长的囚禁生涯中，萨德通过读书和写作开始了自我反思、自我教育，他如此渴望自由，渴望得到理解。但是，萨德的方式是令人不安的，他写作的色情小说被视为下流故事、犯罪阴谋、邪恶话语，其中充满冗长而细致的性虐待描写，甚至有些"让人恶心"。人们难以忍受他对堕落、肮脏、残忍、荒唐的男女故事的写实与描述，难以忍受他对当时封建伪善的社会风俗的愤怒与颠覆，难以忍受他对行将崩塌的旧制度旧秩序的嘲讽与诅咒。他的著作如《索多姆一百二十天》《阿丽娜与瓦尔古》《美德的不幸》《闺房哲学》等畅销一时又屡遭封禁。大革命时期，中途出狱的萨德以公民身份参与共和主义运动，1815 年写成了《政治对话》，提倡自然权利、人民主权、自由平等，反对虚伪的美德政治、欺骗的宗教制度，主张用宪法推动变革。在风烛之年，萨德投书拿破仑以求获释，但是，拿破仑被告知此人"以演讲和写作传播罪恶"，所以，直到生命的最后时刻萨德仍未获得自由之身。

为什么一个曾经轻浮无礼、淫邪残忍的顽徒异类，一个曾经以罪为乐、不分荣辱的无神论者，一个恶的化身、疯狂的"精神病人"，能够良心发现，不仅致力于挽救个体的善，而且思考并实践社会制度的变革，关心民族民众的命运？笔者认为，这来自于萨德执着的批判精神，包括自我批判，也包括自由求生的愿望。最终，他在作品中不是为恶代言、为恶辩护，而是公开恶的极致，同时表达恶的快感与罪感，撕开现实的非理性与荒诞。法国现代诗人、《恶之花》的作者波德莱尔深切地理解"萨德之恶"，他在《正派的戏剧和小说》一文中说："的确，应该按本来面目描绘罪恶，要么就视而不见。如果读者自己没有一种哲学和宗教指导阅读，那他活该倒霉！"

兰波（1854—1891）短暂的人生同样充满叛逆，富有传奇色彩。他少年时多次离家出走，巴黎公社时期加入自由射手队，很快成为士兵中有名的"肮脏男孩"，酗酒、抽大麻，同性恋。与年长自己 10 岁的已婚诗人魏尔伦的虐恋，是兰波难以忘怀的痛苦。魏尔伦曾抛妻别子与兰波私奔，也曾为种种琐事及情感纠葛与兰波吵架，1873 年 7 月又为阻止兰波离开而开枪打伤兰波。尽管开庭审理时兰波一再宣称撤回对魏尔伦的控诉，但这份情殇以魏尔伦入狱、两人分手而告终。随后，兰波写下诗集《地狱一季》，追忆与魏尔伦共同生活的"地狱情侣"岁月，抒写"疯狂的童贞女，下地狱的丈夫"之间的冲突、分裂，从此兰波不再写诗。兰波的后半生更加漂泊不定，当过逃兵，做过水手，跟着马戏团流浪，甚至从事过监工、保镖、武器贩子的营生，并开始了探险旅行，足迹辗转欧洲、亚洲和非洲。他的人生也是自导自演的，因为他要"成为一个他者""成为所有人"。他要戴上种种假面，也要释放压抑的内心；他要回避单调的日常生活，也要"创造全部的生活"；他如此自恋："以往，如果我没有记错，我的生命曾是一场盛宴。"又如此反省："我的生命不过是温柔的疯狂，眼里一片海，我却不肯蓝。"木心评兰波时引用了弥尔顿《失乐园》中的诗句："恶呀，你来作我的善吧。"木心说，作为一个秉持怀疑精神的智者，兰波太轻信，兰波的佯狂是把生命认真当作一回事了。木心说这是人性的内创，也是现代派的分裂。这个视角笔者以为是独特的，兰波的内心希望成为一个"伟大的罪犯"与"至高无上的智者"合为一体的超人，希望超越世俗意义的善恶，这个"被彩虹罚下地狱"的歌者却没有回到天堂。

如何看待文学对恶的彰显与探究？法国作家乔治·巴塔耶在其著作《文学与恶》中说："真正的文学是富于反抗精神的。真正的作家敢于违抗当时社会的基本法规。文学怀疑规律和谨言慎行的原则。"他将"恶"视为文学所不可回避的"最高价值"，体现为作家的"勇气"，因为书写"恶"在艺术行为上"并不否定伦理道德，它要求的是'高超的道德'"。

当然，"善"与"恶"并非各守两端，也并非一成不变。

善恶本来一体，有时彼此错置，有时相互转化，但从不割裂、断开。维庸、萨德、兰波，都是从恶的锁眼来观看世界（譬如萨德从扭曲的两性关系中窥探复杂的人性）。不必刻意将他们的行为之恶"升华"到所谓的"精神自由""思想反叛""人性启蒙"，但也不必将他们的作品"污名化""妖魔化"，更不能以道德审判的名义口诛笔伐。文学应对一切观看方式予以包容，不管是现实图像还是心灵图像，乃至虚拟图像、N 维图像，对于我们来说，都有太多的不可见的形式、太多的无以拒绝的意义，需要借助各种观看方式。我们没有必要回避更没有必要对抗这个复杂的世界。因此，我们需要继续观看。

457

维庸、萨德、兰波、波德莱尔等法国作家、诗人从恶的锁眼观看世界，既是求真相，也是求真理。文学、诗歌需要记录被遮蔽、被忽略、被忘却的记忆，需要揭示被美化、被掩饰、被埋葬的真相。如果没有这样的勇气，人类就会陷于深渊之中而不自明。诗歌、文学也需要信仰引导，获得真理的启示。"对于人类的进步而言，知识是无用的，必须给信仰留足空间"，康德的话告诉我们，经验是不够的，通向真理的道路将超出经验。而我们的经验又过于残缺，对于地狱之恶还不足够明了。套用"未知生，焉知死"的思考方式，未知恶，又焉知善？未知无明，又焉知真实不虚？

458

既然说诗起源于个人抒情，又如何理解"诗可以群"？在中国古诗中，很多题材写的是友人之间的会饮、唱和、感遇、赠别等，诗成为精神交往、社会认同的一种文体。其中是可以浸透人情人性的，是可以抒发个人感受的。如杜甫《赠卫八处士》起句便千古传唱："人生不相见，动如参与商"；又如李白《送孟浩然之广陵》中"孤帆远影碧空尽，唯见长江天际流"之句将离情与景色融合得无比妥帖，更有无限浩渺的意境。不过，大多将诗歌降格为社交工具的作品则没有艺术魅力，只能算是"应用文"。同样，诗歌也不可降格为其他用途的文书、宣传品。

459

弗罗斯特说过，对熟悉的人你不会说出假话。而曼德尔斯塔姆说："与熟悉的人交谈时，我们只能说出熟悉的话。"

诗如何说出"陌生的真话"？曼德尔斯塔姆告诉我们"与火星交换信号"："这些诗句若要抵达接收者，就像一个星球在将自己的光投向另一个星球那样，需要一个天文时间。"

曼德尔斯塔姆进一步说："如果说，某些具体的诗（如题诗或献诗）可以是针对具体的人的，那么，作为一个整体的诗歌则永远是朝向一个或远或近总在未来的、未知的接收者，自信的诗人不可以怀疑这样的接收者的存在。只有真实性才能促生另一个真实性。"

460

文学史不仅记录成功的遗产，也记录失败的遗产。急于为文学史写作，急于创立流派的世俗热情或创造形式的形而上学热情，并不能丰富诗歌本身，而只是留下自我迷失的痛苦代价和浅薄警告。

创造文学史新的价值恰恰来自对传统的真正价值的合理承接而非敌对否认。文学史是由对前人的理解而书写的，这样更能理解同代人，并将那些故作姿态的颠覆与反动视为非建设性的、毫无必要的。真正的颠覆不是来自可疑而廉价的语言游戏，不是为了刺激麻木的语言神经，而是在保持对语言的敏感中实现语言的自由和丰富。

461

何为深度？清晰地表达，清晰到展示出被人忽略而令人惊异的细节，清晰到逼真。细节造假不来。

462

何为逼真？逼真离不开写实，又不完全等于写实。

写实很可能被偷梁换柱。因为写实往往在选取客体时注重典型性，在再现客体时强化典型性。譬如，"文革"时期，文艺倡导"三突出"（在所有人物中突出正面人物；在正面人物中突出英雄人物；在英雄人物中突出主要英雄人物），被肯定为文艺创作的基本规律、文艺批评的最高标准。按照"三突出"原则刻画人物、塑造"典型"，是背离真实、脱离实际的"假大空"，并不是写实手法，更不是现实主义。

写实也很可能被狭隘理解。写实是艺术家的所见所闻，而不是照相机、录音机的所见所闻，不是二元代码，而是一个整体。吉光片羽也是一个整体。逼真是把握住整体。事物本身即为整体，整体是多义性的、可多元阐释的。逼真是虚、实结合的效果，是想象和见闻结合的效果，是意境和语言结合的效果。庄子说："故视而可见者，形与色也；听而可闻者，名与声也。悲夫，世人以形色名声为足以得彼之情！"道是不可见闻的、无形的，虽然"夫道，窅然难言哉"，但道又不得不言。何以言？汉代王弼提出"得意在忘象，得象在忘言"，"象"既是实相又是想象。南宋严羽论诗，也是认为言说主体之意是可以与宇宙本体之真融通的，可以突破有形而达到无尽，"如空中之音、相中之色、水中之月、镜中之像，言有尽而意无穷"。

463

钱锺书在《中国诗与中国画》里说，"中国传统文艺批评对诗和画有不同的标准：论画时重视王士祯所谓'虚'，以及相联系的风格，而论诗时却重视所谓'实'以及相联系的风格。因此，旧诗的'正宗'、'正统'以杜甫为代表。"

杜甫之沉郁顿挫，究其实是将心理情感的复杂与社会现实的复杂融合起来了，既有内容的广度又有主题的深度，把握了一个时代（故被称为"诗史"）。王维得到了苏轼"味摩诘之诗，诗中有画；观摩诘之画，画中有诗"的高度评价，描摹自然之美而具神韵、有禅意，是性灵的也是逼真的。为什么王维在诗歌史的地位不如杜甫？笔者认为与中国诗教传统有关，儒家是重视现实担当的。孔子曰"不学诗，无以言"，诗教就是学习风雅，学习做人。杜甫为民瘼国运而忧虑、抗争，他的诗"俯察人事，仰观天则"。《孟子·万章下》："以友天下之善士为未足，又尚论古之人。颂其诗，读其书，不知其人，可乎？是以论其世也。是尚友也。"后世对杜甫的评价，合乎知人论世的观点。当然，就艺术本体论而言，杜诗是"集大成者"，足堪为经典。

464

评价汉语新诗，依旧绕不开"虚""实"二字。

鲁迅《诗论题记》："东则有刘彦和之《文心》，西则有亚里士多德之《诗学》，解析神质，包举洪纤，开源发流，为世楷式。"西方诗学以亚里士多德为源头，亚里士多德主张艺术的本性是模仿，写实一路就是模仿。模仿自然而求诸理性，释放情感，获得愉悦。但是，"模仿"仍然是区分了主客体的，是主体观照客体。艾略特所谓用艺术形式表现情感的唯一方式是寻找客观对应物，即是赋予自由的情感以理性的秩序。譬如史蒂文斯的《田纳西州的坛子》一诗，这一只坛子"统领四面八方"，"与田纳西的一切都不同"，俨然构成了一个特殊的空间秩序和象征体系。即便是波德莱尔的《感应》一诗中眼耳鼻舌身意、色声香味触法的通感，也是"在歌唱着精神和感官的热狂"，终归不脱离意义。黑格尔在《美学》第二卷中说，象征一般是直接呈现于感性观照的一种现成的外在事物，对这种事物并不直接就它本身来看，而是就它所暗示的一种范围较广泛普遍的意义来看。也就是说，意义大于事物本身，是以人为中心的。

而在中国古代哲学和诗论中，讲的是天人合一、心与物齐，讲的是象外之言、言外之意、意外之境。刘勰《文心雕龙·神思》："窥意象而运斤"，即先有形象后有思想情感。他又说，"规矩虚位，刻镂无形"，"意授于思，言授于意"，思想情感要通过意象来表现，意象要通过语言来呈现；"神与物游"，思想情感要游于物，事物是无穷无尽的。

汉语新诗对于中西两个传统都有继承，但二者对于主客体的认识的不同，决定了对诗歌的虚、实的理解必然不同。客体之于实，主体之于虚，这个视角应该是绕不开的。

465

前述读杜之"知人论世"鉴赏法是孟子提出的，对于如何读诗，孟子还提出过"以意逆志"鉴赏法。《孟子·万章上》："说诗者不以文害辞，不以辞害志，以意逆志，是为得之。"志，即诗人之志，这个没有争议，而如何理解"意"则存歧见。笔者认为，意并非读者之意，意应该是文、辞之意。为什么能够以意逆志？诗人之志是可以通过文、辞之意而理解的，是基于同情心、同理心的普遍之志，类似于艾略特所说的"非个人化"的艺术情感。

466

诗与政治保持距离，与现实背景保持距离，不等于说诗人是犬儒主义者。而是不能让政治干预了诗，让现实功利破坏了诗意。诗的永恒性就是诗具有不因时而变的本质属性。

467

地狱之恶是非人性、反人道的，是自身丧失了做人的底线而不把同类当人类，压迫、施虐、恐吓、屠杀，毫无羞耻与忏悔之心，反而赞成暴力和极权并为之赞美。诗人遭遇地狱之恶，诗歌被禁锢了，恶魔的灵魂里容不下诗歌，地狱的铁幕里也不可能有诗歌的回声。语言被恶魔强制操纵，失去了本义，成为特定的术语、反语、咒语、套话、黑话、假话。诗人失去了语言，因为语言已不可以沟通。

以上所述的情形并不只是沉睡的历史，也是被小心翼翼保存的记忆。打开它，是为了提醒这样的情形还可能再次发生。在我们身边，还有恶魔隐藏在暗处，觊觎着利用人性的软弱。诗人啊，请修复我们被亵渎、被污染的语言，只有清洁的语言才能清洁我们的精神。没有诗歌和审美的地方，同样不会有逻辑和理性。诗歌和逻辑都离不开保持本质的语言。

468

正如我们不能只用体制的眼光看待战争，我们也不能只用体制的眼光看待历史。用体制的眼光看，战争意味着主权、荣誉和最终正义；用个体的眼光看，战争意味着流血、牺牲和家庭悲痛。用体制的眼光看，历史意味着宏大叙事、执政资源、文化载体，不容置疑且面孔严肃；用个体的眼光看，历史意味着真实细节、生命之根、精神密码，有太多的未知、疑惑，离每个人很近。看待历史其实就是看待现实，谁也不可能假装无视，更不可能置身度外。无视或逃避并不能帮助我们找到庇护所，也不能帮助我们减轻罪恶感。诗人更不会无视历史、无视现实，只是诗人要用自己的眼光来看待历史、看待现实。

重读约翰·多恩的诗："没有人是一座孤岛，可以自全。/每个人都是大陆的一片，/整体的一部分。/如果海水冲掉一块，/欧洲就减小，/如同一个海岬失掉一角，/如同你的朋友或者你自己的领地失掉一块；/任何人的死亡都是我的损失，/因为我是人类的一员/因此，不要找人打听/丧钟为谁而鸣/它为你而鸣。"

469

诗人不应游离于时代之外，而应是对时代之痛最敏感的那个人。

对于历史，诗人也应该是回到历史时间，对历史之痛最敏感的那个人。

无论是当代还是历史，都有太多的未知和秘密。诗人要从对未知和秘密的探索中来辨析自我，寻求出路。当诉诸语言，诗人将诗歌作为终极语言。写诗的过程，就是诗人不断打破经验而迈向未知、揭橥秘密的进步，这个过程也是破茧蜕变的过程，充满痛感也打开喜悦。

470

写诗的喜悦和日常生活中的快乐毫无相同之处。或者说，日常生活的快乐之中，不包括写诗的喜悦。

471

诗超出作为文本的日常生活，或者说，诗无法转换为散文。

472

在事实与虚构之间，存在着能够让读者分辨出来并予以信任的真实。只有事实可能失真，因为事实大多是人为的。完全虚构也可能失真，作为虚构的真正作者，上帝喜欢留下一些人间痕迹并提示我们转换视角。

473

诗的写作是隐秘的，一个诗人绝不会急于发表自己刚刚完成的作品，诗人将返回到自我对话中，直到告别自我，这首诗才是最后的完成。当这首诗不再被修改，它就处于不等待的长期等待之中。它被遗忘，或者遇到新的对话者。

474

读到周伟驰所译的美国诗人沃伦的《红尾鹰和少年时代的火堆》，我对诗友余笑忠说，这首诗的完成度太高了。诗中写了一个事件及其跨越年代的影响。诗中有两条线索。

线索之一是诗人猎杀了一只鹰之后，先是狂喜，后来忏悔，之后将其制作为标本以视为英雄象征，再之后感到恐惧以视为复仇之神，最终将其付之一炬。情节一："出自何种激情，就在那疯狂的射程之内/我按下了冰凉、短平/的扳机。看到/那圆圈/中断。"情节二："像一个秘密，我迅速地将它包在报纸里/深藏在/冰柜里/现在开始已为时太晚。"情节三："年复一年，在我的房里，在书架最高的那层，/帝王般，它栖在枝杈上，守卫着/布莱克和《利西达斯》、奥古斯丁、哈代和《哈姆雷特》，/波德莱尔和兰波，而我晓得黄色的双眼无眠，在我入睡时注视着。"情节四："那一夜在杂物室，很晚了/我找到了他——那只鹰，羽毛褴褛，一只/翅膀被撞歪，一只脚可悲地/邪着，一只眼丢了——我想/我能体会丢了一只眼它会有何感觉。"情节五："火焰吞噬。先是羽毛，我退缩，然后站住/当钢丝弯红着保护/上天为高空而设计出的形状。但/它和别的一起倒了，而我/并没有等它烧完。"

第二条线索是诗人的人生变故，如"母亲死去，父亲破产"等。"年月逝去了如一场梦，就是一场梦，厄运有时"，"有些梦成了真，有些没有"。"祈愿在某个临终的梦或错觉里/当医院的车轮在身下吱吱作响/护士的鞋像耗子那样尖叫，再次看到那最初小小的银色凸起/从高高的天空向外、向下旋转带给我关于大地和大气之血婚的真相——/而一切都将如同过去那样/在那无悦的喜悦之悖论里，/直到那晕眩的一刻，最后一次，我必定会退缩/从少年时代可怜、愤怒、仓促、无知的柴堆/由浸满了汽油的帝王般羽毛燃起的火光那里。"这两条线索将诗人与鹰联为命运共同体，物我之间不仅互相观照而且对立统一，正如诗中指出，有"悖论"也有"真相"。

余笑忠写过一首《他们这样屠杀一头耕牛》，雷平阳写过一首《杀狗的过程》，都以旁观者的视角冷静地叙述了人性之恶，这两首诗都是好诗。杀牛、杀狗，都是诗歌事件。但是我对笑忠说，跟沃伦的《红尾鹰和少年时代的火堆》比，《他们这样屠杀一头耕牛》《杀狗的过程》的完成度都不及，只是写了沃伦诗中四分之一的题材和主题。其中的原因，我以为：第一是汉语诗人几乎受瞬间思维的限制，一首诗只是写一个瞬间的感受与体悟，而西方诗歌的叙事传统更注重历时性经验。第二是空间转换问题。沃伦这首诗打开了一个又一个生命体验的空间，天空、书房、杂物间、医院、焚尸的火堆，在梦与真、罪与悔、生与死、回忆与现实、意义与无意义之间转换。而汉语诗人在抒情传统里不善于写具体的、承接的空间，而惯于将空间混沌化或和合为一体，忽视内心的视角、场景变化，缺乏复调性也缺乏差异性。汉语新诗的现代化，需要借鉴西方诗歌的叙事性与戏剧性传统。

475

又与余笑忠言：诗之有难度写作，可参考跳水运动，空中翻腾与转体的周数、方向，体现了不同的难度系数。难度系数越高，美学价值越高。有的诗一个圆周也没有完成，而有难度的诗绕了好几个弯。曲笔成趣，也能打开更大的空间，而过于直白、概念化则致言外无意、意外无境。

476

汪剑钊、余笑忠来慈溪参加袁可嘉诗歌奖相关活动，剑钊凭译出曼德尔斯塔姆诗歌全集（出版时冠以书名为"黄金在天空舞蹈"）获得翻译奖。剑钊说袁可嘉在诗歌翻译、创作和中国新诗理论上均建树非凡，相比而言，其诗学理论成就被长期忽视。我亦以为然。袁可嘉在 1940 年代提出"新诗现代化"，目光是远大的。袁可嘉的老师朱自清此前也提出过"新诗现代化"，着眼点与袁可嘉不同，此处不议。将之上升为系统的诗学理论，袁可嘉更是贡献伟大。

袁可嘉提出"新诗现代化"，针对的是感伤与说教这两大新诗写作之时弊。感伤者，或为情绪感伤，或为政治感伤，皆属滥情。说教者，或为思想说教，或为政治说教，皆属非诗。同为"九叶派"成员的陈敬容当时也有大致相同的看法："无形中却已经有了两个传统：就是说，两个极端。一个尽唱的是'梦呀，玫瑰呀，眼泪呀'，一个尽吼的是'愤怒呀，热血呀，光明呀'，结果是前者走出了人生，后者走出了艺术，把它应有的将人生和艺术综合交错起来的神圣任务，反倒搁置一旁。"（《真诚的声音》）感伤与说教这两个毛病至今仍未从汉语新诗中祛除，表明袁可嘉和陈敬容看问题之深、之准。

笔者以为，这与汉语新诗的产生背景有关，即处于文化运动、语言革命、诗体解放的背景，处于社会精英为解决政治与现实问题而寻求思想与文化"药方"的特殊时期。时局动荡，历史曲折，诗与政治、诗与现实的关系太近，诗被附加了太多的社会功能和意识形态内涵。因此，汉语新诗从一诞生就多了些急于表达的冲动，急于表达就导致简单、直白地表达现实情感或表达思想观念。前者就是感伤，后者就是说教。至于陈敬容所说的"走出了人生"的那一类虚假抒情，我认为，连感伤也算不上，不是什么浪漫主义，只能算是自虐自恋。

怎么处理诗与政治、诗与现实的关系？袁可嘉在《论现代诗中的政治感伤性》中说："绝对肯定诗应包含、应解释、应反映的人生现实性，但同样地绝对肯定诗作为艺术时必须被尊重的诗底实质。""绝对肯定诗与政治的平行密切联系，但绝对否定两者之间有任何从属关系。"所以，他提出要将现实经验转化为诗性经验，将现实情感转化为诗性情感，"诗是经验的传达而非单纯的热情的宣泄，所以浪漫主义到现代主义的发展无疑是从直线倾泻的抒情进展到曲线的戏剧"（《诗与民主》）。感伤与说教都是直线倾泻的，是宣告式的，而忽视了受者，忽视了深沉的诗性经验、诗性情感。

袁可嘉正是看到了现实是复杂而非简单的，看到了人生态度是矛盾而非极端的，看到了诗歌追求的是自由而非专制，看到了理性是客观的而非主观的，所以，他认为诗歌的形式应该是复杂的矛盾的而不是简单的极端的，诗歌的语言应该是自由的客观的而不是专制的主观的。他深受英美"新批评"的影响，比如他从退特、布鲁克斯那里引入了"张力"之说："从现代批评的观点来看，诗是许多不同张力的最终消和溶解所得的模式；文字的正面暗面的意义，积极作用的意象结构，节奏音韵的起伏交错，情思景物的撼荡渗透都如一出戏剧中相反相成的种种因素，在最后一刹那求得和谐。"（《对于诗的迷信》）他将反讽（讽刺）、悖论、戏仿和意象、象征、隐喻等玄学派、象征派、现代派诗歌的表现手法吸收进来，将艾略特的"客观联系物"、"思想知觉化"论和瑞洽兹的诗歌应包容

"人类经验的各个方面"的感性理性综合论等诗学主张吸收进来，创造性地提出了"新诗戏剧化"的表达机制。"新诗戏剧化"将西方诗歌的叙事性与戏剧性传统引入了中国现代诗，诗歌的抒情方式由缺少含蓄的直线倾泻转为间接化、客观化的思想情感沟通，由以物言我与物我交感的物象呈现方式代替了直抒胸臆与抽象议论的主观宣泄方式。袁可嘉甚至提出了还可以"干脆写诗剧"，不过，"诗剧的创作既包含诗与剧的双重才能，自更较诗的创作为难"（《新诗戏剧化》）。

概括起来，袁可嘉的"新诗现代化"，我认为起码有这么几个方面的意义：第一，他将现代化作为新诗寻求新传统的诗学方向与路径，即"现实、象征、玄学的综合传统"，体现了将现代主义与现实主义结合起来的大视野，而不仅局限于对情、象、思等诗歌要素的整合。第二，袁可嘉将现代化作为新诗在技术上革新的基本内涵，特别是将"新诗戏剧化"作为"有机的创造""经验的传达"的手段，强调了诗人的内心与外物的对应关系，保持了诗与现实的艺术距离。现代化的诗的实质，是有"弹性"和"韧性"的间接表达。第三，依从蓝棣之的说法，袁可嘉所说的"新传统的寻求"，与艾略特《传统与个人才能》里所说的"传统"是同样的概念。艾略特说："它含有历史的意识……就是这个意识使一个作家成为传统性的。同时也就是这个意识使一个作家敏锐地意识到自己在时间中的地位，自己和当代的关系。"袁可嘉将新诗现代化作为文学史责任来担当，新诗既关心社会现实问题，也关心人的价值、人的文学，关心"文学本位或艺术本位"（《"人的文学"与"人民的文学"》）。他希望用文学来定义现代意识的人，定义民主和独立。综上所述，袁可嘉的"新诗现代化"就绝不可简单地理解为"新诗西方化"，他并不是简单地移植、借用艾略特、瑞洽兹、燕卜逊的诗学理论，而是一个预设了远大价值目标的实践方案。

袁可嘉本人及穆旦、杜运燮、陈敬容、郑敏等其余"九叶派"成员，在新诗的现代化之路上做出了难能可贵的自觉探索，使汉语新诗向成熟和深刻靠近，向诗的本质靠近。但是，"新诗现代化"很快被历史叙事所打断。半个世纪之后，经风历雨、年过七旬的袁可嘉对"新诗现代化"作了一个全面的新的定义："从思想倾向上来看，它既坚持反映重大社会问题的主张，又保留抒写个人心绪的自由，而求助于个人感受与大众心态相沟通。强调社会性与个人性、反映论与表现论的有机统一，从而与西方现代派和旧式学院派有区别，与单纯强调社会功能的流派也有区别；从诗艺上来看，它要求发挥形象思维的特点，追求知性与感性的融合，注重象征与联想，让幻想与现实交织渗透，强调继承与创新，民族传统与外来影响的结合，从而与诗艺上墨守成规或机械模仿西方现代派有区别。"（《半个世纪的脚印》）这个定义更为严谨，而理想并未消退。袁可嘉正是对人的生命体验深沉而复杂，故而对诗的生命保持了继承与创新的热情。直到今天，如何处理诗与现实的关系、个人与大众的关系、文学与人生的关系，袁可嘉的声音依然是清晰的、中肯的。

477

情感匮乏则诗味寡淡。情感过剩也不好，泛滥必失，难以收蓄。既要尽情又不过度，节制隐忍反倒情深意切。《春秋左氏传》所言"微而显，志而晦，婉而成章，尽而不污，惩恶而劝善"，非但是史家笔法，亦为诗家笔法；非但是叙事之度，亦为抒情之度。

478

"道始于情"。为什么不说"道生于情"？汤一介解读为"道"指的是人道，"情"是内在于人的天性而有、感物而动而发之于外所表现出的情感。基于人有爱人的情感，所以说"仁者，爱人"，人仁交通。这是先秦儒家的情—理结构。它深深影响了中国传统诗学，诗之情感与理性是温和、和谐、共通的关系。这一点特别与西方现代派诗歌不一样。西方现代派反映了西方社会在经历了一系列重大矛盾和灾难之后的精神危机，反映了旧的价值体系坍塌之后自我怀疑、自我批判、自我否定的悲观思潮，其中的情多为极端的、绝望的、破灭的情感，其中的理性多为不确定的、不可思议的、非理性的理性，理性并不能获得情感的热度，情感并不能获得理性的力量，往往二者对峙，界限分隔，冲突鲜明。而袁可嘉在《谈戏剧主义——四论新诗现代化》中引用瑞恰兹"包含的诗"之说时却另有高论："只有莎翁的悲剧、多恩的玄学诗及艾略特以来的现代诗才称得上是'包含的诗'；它们都包含冲突、矛盾，而像悲剧一样地终止于更高的调和。它们都有从矛盾求统一的辩证特征。"由此，现代诗里的情感与理性是更高的调和、平衡、辩证的关系。

479

在后现代主义那里，诗歌精神更加陷于困境：零度情感、自动写作、解构、无深度、无智性、无意义、游戏、跨文体……诗走向了非诗。以情感为源头，以智慧为指向，诗的始终均应立足于人。计算机并不能取代人，"0"和"1"并不能取代语言，诗歌不可能离开具体的事物和现实世界而抽象存在。

480

柏桦近年来的诗歌写作，数量惊人而极其耐读。他的写作与阅读不可分，诗中引用大量的传统文献和民间语文，正史野史和大事琐事、奇闻怪谈和妙理玄谈、风土物产和文人趣味熔于一炉，素材"混搭"而诗风谨严，自有一股清气。为何？他已在自我与他者之间自由往返，是自我的旁观者也是他者的感悟者，故而有无数的问题提出，这些问题既有理趣又不乏悲悯。他在历史与现实之间自由穿行，是历史的追问者也是现实的怀疑者，故而有无数的情感抒发，这些情感亘古不变而不随时移。这些诗中的清气，来自时空贯通、物我一体的呼吸，来自新奇发问而以惑作解的语气，来自把直接经验和间接经验纳入同一逻辑却出人意表打破经验的点化妙机。这些短诗，柏桦曾名之为"一点墨"，其实写的是"万古愁"；绝非游戏之作，而有无限唏嘘。

481

余笑忠曾批评我的诗曰："多了许多洞见，然而有所思不如若有所思。"诚也斯言！诗的妙处在不言而言，不以言说显，不以词害义。如果以语言主宰自己的识见，则无异于以自我诠释封闭思想，远离真道；如果以语言主宰读者的识见，则无异于用权力符号制驭于人，远离善道。诗不是知识。

482

近年来诗歌江湖和媒体推出一个又一个"少儿天才"。我相信儿童的语言本有诗意，诗意即是回到语言之前、见识之前。但是，被发现的"天才"之作有共同之处，那就是故作惊人语，不惜以胡言乱语、污言浊语、狂言恶语博眼球，这明显有成人代笔之嫌，因为几乎谈不上涉世经验的孩子，说话应是天真未凿、坦率无忌、诚实不欺，而不是"很傻很天真"式的迎合成人的"伪真"趣味和"伪善"价值。

483

工业经济所说的创新，有模仿创新，有集成创新，有自主创新。模仿创新和集成创新建立在汲取传统、整合资源的基础上。自主创新建立在试错纠错、不可复制的基础上。

诗歌写作的创新之道，可参此而行，最终走向自主。而完全的自主又是不可能的——没有完美的诗，诗只能是臻于完美。

484

创新无止境。

我们所了解的世界，不过世界的万分之一。完整的世界才是真相，我们所见不过是殊相。

我们的智能，不过开发出万分之一。我们所想到的难以深刻，心如井口，不知智慧如天。

所以体验，所以冥思，向往无限自由，以求接应天启。

485

我们认识自己吗？对自我的探索、认识、理解、接受是无止境的。诗的写作就是对自我的叙事，无止境也。

486

对自我的叙事同时展开对尘世的批判和对妄念的否弃。

487

某诗友与我聊天时说："这辈子成也因为诗，毁也因为诗。"我马上应之："诗从来不毁人。一个无诗的世界，人必自毁。"学诗意味着走上自我启蒙的道路，诗人的浪漫是理性情感，而非自我毁灭的冲动情绪，诗人的理性以追求真理和人类价值为信条，而非屈从权力意志及其宰制的秩序和规则。诗不是对虚假现实的修饰，而是对美好人性的赞美。

488

"文本细读"（close reading）也可译为"文本近读"吧？不仅要深入文本的细处，而且要深入文本的深处。与文本的关系是亲密的，把自身"放"进去，才可能不被文本拒绝，近身体察文本的深层意味、深层结构。

489

阅读是一边自我寻找一边开始自我确认，写作是一边自我确认一边开始自我寻找。阅读期待与作者一见如故，而写作期待与读者犹如初见。

490

写作将调校对阅读之选择，正如阅读将影响对写作之判断。

491

阅读是从他者中寻找自我的界限，写作是从自我中分辨与他者的疏离。

492

诗人不是行动的命令者，只是事物的命名者。

493

一首诗的结尾是向未来延伸，而非向过去后顾。换言之，一首诗的结尾不是返回经验世界，而是面向先验世界敞开。

494

卒章显志，是散文的结尾方式，不是诗的结尾方式。

495

诗的不可定义，是由于诗的外延在不断变化，这个外延也是人对世界的认识在不断变化，但是世界的奥秘不会有任何减少，新的奥秘反而在无穷无尽地增多。同样，诗的内涵也在不断变化，人对自身的认识也随之有了无穷无尽的未知与难解。诗通向未知与难解，而非自满于已知与易解。

496

诗反对语言技术。技术不能解决语言的局限性。

语言不是诗之根。诗是语言所不能说出的生命存在。

497

人们总是将希望、将理性凝结为确定的、永恒的，如同雕像一般。但是理性是鲜活的，不附属于任何实体。诗的理性是不确定的、瞬息的，如同闪电一般，照亮混沌，照亮当下，却不可把握，不可描述。

498

诗不适宜于在大庭广众中间朗声高诵。诗不是广场的艺术。诗不兜售观点，更不兜售情感。

诗也不是摇滚的艺术。将自我撕裂的个体处境暴露于结构断裂的公共语境中，只能留下一地爆竹的碎片。

诗适宜于独吟。对着三两知音，低回往复而歌，轻启心灵隐秘，便已是很开放了。

499

今日获悉一则"新闻"：作家协会按照当年度个人发表作品的数量和刊物级别，对会员进行量化打分、评奖，获奖者为在"竞赛"中胜出而自喜、自夸。这真是当代文学生产的奇异景观！或可以"虚假繁荣"来描述之，简称"虚荣"。

又悉，某刊物在牵头鼓捣中国新诗百年史的书写工作，包括编选中国新诗百年的经典作品集。我对这个机构怀疑有加：由作协官员、诗歌评论家、诗歌编辑和诗人等十数人组成的编委会，看似有各方面代表性，实则很难打破"搞平衡"的惯常"规矩"。若混合了体制自以为是的话语权力和江湖"摆平"人事的厚黑术法，则不可能形成共同的专业标准。更何况其中大多数人"既是裁判员又是运动员"，难以撇清本人利害。该编委会自称"盛世修史"、"厚今薄古"，则不加掩饰地暴露了功利心。

愚见以为，书写诗歌史，史实、史述、史识，此三者缺一不可。这事儿倒是一个人做比一群人做好，历代的文选、诗选几乎都是个体完成的，个体呕心沥血，很多选本都有其可取之处。一群人花费公帑把它当作"工程""项目"来做，其结果可想而知。尤其是对诗歌本体的理解，仁者见仁智者见智，而一群人来写史、编诗，诗观与史识均难以统一，谁说了算？谁都知道是怎么回事，但是谁也无可奈何。

500

文学史不是对单一作品的评定，而是将作品纳入整体的文学现象之中，纳入作品与作品的关联之中。文学史的逻辑，基于文学发生学和文学社会学，注重作品的历史场合和现实语境。而对于写作者而言，文学是个人的创造，是立足于文学本体和自身主体的。所以，号称"为文学史写作"是对主体的背离，将写作等同于在"文学大军"中的入列、插队，是甘受集体主义的奴役，只会离文学越来越远。

501

关于诗歌中的比喻：本体与喻体都不局限于单一语义，或者说二者有无限多的相似点。

502

好友葛体标告诉我："对于写作而言，天赋是远远不够的。或者说，真诚是更高的天赋。"诚也斯言！我是一个匿名的写作者，在匿名的写作中努力抵达不可抵达之处——信仰要求信徒是匿名的，具有诚实而愚蠢的品质。

503

奥登说："所有艺术家都必须担负起一点新闻记者的职责。"马尔克斯说："即使像狗一样忍辱负重，我也找不到比记者更好的职业。"

我做过很多年记者，由此看到了很多被人极力隐瞒的真相，看到了很多无力抗争也无处表达的个体命运。我相信真相后面还有真相，悲剧后面还有悲剧。退而远观，更多超越时代语境的精神问题仍有待求索、觉悟。虽然诗歌无法分担任何人的痛苦和艰难，但历史却要求每个人分担历史的残酷与真实，人类要求每个人分担人类的命运与真义。诗人应该以经验的态度知人阅世，更应该以审美的态度理解人生、人性，爱自由、真理，用诗歌打开共通的世界。诗人离现实极近，又离现实极远。近则不失感性和激情，远则走向理性和纯粹。

504

好友沉河著有散文《几种手工》，他说，老手工和老器物体现了"在与自然万物的交往中那种和谐的、安乐的生命感觉与人生态度"，然而"手工诞生于手，消灭于手"。他既赞叹其中的匠人精神，又为手工时代的逝去而唏嘘。沉河的唏嘘不可简单视为文化怀旧，尽可视为对古老诗意的追寻。

诗的写作和手工的制作一样，不计时间，超越时间，追求精雕细琢的完美而毫无急功近利的目的。手与器物之间的对话默契而温和，以致在器物完成之际，手工无痕，匠心独具，浑然一体。这是一种持敬虔诚的精神，是单纯的理想主义，绝不造作，无所掩饰。

当今一些人不知诗艺之难，玩弄文字，任笔为体，言之无物，自以为炫技，其实毫无创造力，所作皆废品耳。

505

诗人介入现实的方式包括以事件入诗和以事物入诗，或者说事件和事物均构成诗的现实语境。相对而言，以事物入诗更接近人心特质与诗的本原，以事件入诗又以细节凸显胜于情节直叙。现实是语言的境遇，而现实的维度由历史与当下、存在与时间来确定。

506

诗人无法选择自己的时代，也无法逃离自己的时代。将精神寄托于远古或未来，让写作更加抽象、超拔，都无法改变一个事实：时代是诗人的宿命和界限，是诗人的窄门和冷门。但时代并不是诗歌的终结者，每一个时代都可能打开通向诗歌的暗道。

507

"人情练达即文章"，"除却人情不是诗"。所谓人情练达，不是一知半解，而是彻悟天命，与外在世界互认，对他者存在包容，心像完整，圆融无碍，穷理不障，绝非落入俗情，面目不清。诗人的真实个性是什么呢？美国心理学家卡尔·兰塞姆·罗杰斯认为"人的内在本性"或"童心"为至善，人具有内在主体的建设倾向，"依照内在的机体估价过程而不是外在的价值条件生活，按照这样的条件生活就可以拥有一个纯洁的自我，一个真正的善"。没有主体性建构，何以为诗人？当然，回到本性又近乎不可能。学诗之道难矣哉！

508

钱武肃王寄夫人书云："陌上花开，可缓缓归矣。"清代王士祯赞其"艳称千古"。此句是情语，也是诗语。诗语与情语一样，秘而不宣，倍加珍惜，只可心领神会。德国浪漫派文学家、哲学家施勒格尔说："所谓神秘，就是只有恋人在所爱的人身上才看得到的东西。"诗之神秘，犹如爱之神秘。

《楚辞·招隐士》"王孙游兮不归，春草生兮萋萋"句，王维《山中送别》"春草明年绿，王孙归不归"句，与"陌上花开，可缓缓归矣"句所表达的情感，有相似处，亦各有不同，但无不感人至深。

509

诗的完成度，不是写得有多满，而是写得有多空。所谓空，就是从有限到无限的想象空间。"木末芙蓉花，山中发红萼。涧户寂无人，纷纷开且落"，"千山鸟飞绝，万径人踪灭。孤舟蓑笠翁，独钓寒江雪"，空境也。读者被引渡到了诗外的无限时空。换而言之，一首诗的结尾，不是意味着这首诗完成了，而是意味着这首诗延伸了；形已完成，势在发展。

510

诗的陌生化是照亮那些人们忽视的盲点，是照亮那些不落言筌的意外，是以奇去俗、以自我去非我、以无常去庸常、以实感去虚感、以真确去虚幻。

诗的陌生化并非只是语言策略，俄国形式主义的代表人物什克洛夫斯基说："一个新的形式不是为了表达一个新的内容，而是为了取代丧失其艺术性的旧形式。"陌生化不是为了隐匿、异化我们的情感，而是为了唤醒、解放我们的情感；不是以其昏昏使人昭昭，而是为了辨认、还原存在的本质；不是为了令人讶异，而是让人信服；不是疏离、冲突，而是贴切、和谐。

511

诗既是意图又是直觉，既是观念又是事实。

512

诗的语言的陌生化，实则是以初心对待语言，如同初次遇见，不敢怠慢简便。

513

诗的陌生化之路，不是出离经验，而是回到日常生活。诗即是诗人的日常实践，故王阳明谓之大道"不离日用常行内"。近日得吾友陈均编撰朱英诞著《我的诗的故乡》，其中《<春草集>后序——纪念写诗四十年》引用霭理斯之语云："生活始终是一种艺术，是一种每个人都要学的，但是谁也不能教的艺术。"朱英诞说："这里，我想把'生活'一词，改换作

'诗'字"，"诗本来是日常生活里的一面"。又在《重新想到谢朓的诗》里引用黑格尔之语云："先是生活，次是哲学吧！"他借谢朓诗句"天际识归舟，云中辨江树"描摹写诗之心情，即写诗乃在茫茫之中辨识心情也，无需以诗自欺。然而，辨识即是日常实践，即是陌生化之路。

514

朱英诞在《我对现代诗的感受》中说，"将急在情物，而缓于章句"（《陆厥答沈约书》），"正是诗的本质的自动要求，从而使自内容到形式，有了表里如一的关系"。

"缓于章句"，我以为指的是抒情诗。"抒情诗"的英语词是 lyric，在音乐里 lyric pieces 就是慢板。其词根 lyre 就源自古希腊的小竖琴，其音色是伤感而不是欢快的，是低诉衷情的而不是草率粗放的。

515

我的斋号"听蛙室"，缘起于陋室在城郊，夏日尤其是雨后，听蛙鸣一片如听琴声合奏。后来得知蛙鸣乃求情求爱之声，更觉美好。饮冰室鄙夷"上以鼓下，下以应上"的文章为"蛙鸣之文"，吾亦厌恶聒聒之声，只是蛙鸣并非引人躁乱，而是引人静净耳！杨万里《诚斋江湖集》卷一之中《癸未上元后永州夜饮赵敦礼竹亭闻蛙醉吟》句："草间蛙声忽三两，似笑吾人悭酒量。只作蛙听故自佳，何须更作鼓吹想。"不必将蛙鸣作鼓吹想，便可自佳。若是当作琴语，岂不更得醉趣？

516

雪莱说："诗人是世界上没有被确认的立法者。"我以为，诗人可以自我建构一个世界，是这一世界的立法者。诗人无意于改变客观世界，诗人不可能把握客观世界，诗人也不可能为整个世界立法。而这并不妨碍诗人替世界无限地发声——诗歌，在诗人心中，是等同于客观世界的，是千真万确的。

517

诗歌使诗人超越了在现实中的局限，诗歌延展和增补了诗人所处身的现实。诗歌竭力表达一个完整的现实，一个不被曲解、不被束缚、不被遮蔽的现实。

518

法国当代学者巴斯卡尔·博尼法斯在《造假的知识分子：谎言专家们的媒体胜利》里批评了一些公开撒谎的"媒体知识分子"，他们占据了媒体的地位，成为媒体名人和话语操纵者，但是他们为了确保占据的媒体地位而高举道德旗号，讨好公众的道德诉求，不惜歪曲事实真相，偏离知识辩论。巴斯卡尔·博尼法斯说，"道德主义变成了真正的麦卡锡主义"，"以道德的名义将他们的反对者看作是敌人"实则"陷入某种形式的知识恐怖主义"；"制造一些虚假概念：这也是一种新的文人的背叛。这些人不是让公民得以思考一些复杂的现象，而是极端简化事物，向公众舆论提供一些智理上掺假和有毒的产品，制造观念进行欺骗"。

巴斯卡尔·博尼法斯虽然批评和警告的是法国的一些国际关系研究领域的学者，但是他的观点对于我们也是振聋发聩的。不容挑战的"道德正确"不仅不会启蒙公众，而且会误导舆论，将一些人引向狂热而迫使另一些人噤声不语，形成"沉默的螺旋"。历史上我们就曾经历了这样的灾难和教训。

诗人啊！现实是如此复杂，善与恶是如此复杂，诗歌不是不容置辩的断言，而是以心换心的对话。诗人需要警惕夸张的道德激情，需要撕开刻意的思想标签。

519

"文人的背叛"这一概念出自朱利安·邦达在20世纪20年代出版的《知识分子的背叛》一书。邦达抨击的是知识分子放弃了真理看护人的职责，卷入了狂热的政治运动，陷入了狂热的政治情感，并影响了公众的思想，形成了有害的意识形态。

如今，反思20世纪频频爆发的群众运动乃至民粹运动，应当对知识分子在其中的作用予以审视、质疑。虽然成为知识分子就意味着思想影响和社会参与，但是，这既不必"政治正确"又不必"道德正确"，既不必迎合公众又不必愚弄公众。知识分子应当致力于提高社会包容，致力于建立自由价值，致力于激发独立创造。

520

英国肯特大学教授弗兰克·富里迪新出版了一本书：《知识分子都到哪里去了——对抗21世纪的庸人主义》。作者描述了大众化时代文化和学术越来越媚俗的情形，他把知识分子的职业化、技术化，把知识和文化的工具化、弱智化，概括为庸人主义。他认为，这样"不仅抑制学术和文化的创造力，也把公众当作儿童"，"一个文化如果把讨论等同于专业观点的乏味交换，这个文化就会出现冷漠和社会疏离"，所以，作者提出时下要发起一场对抗庸人主义的文化战争。

今天，中国网民把"专家"戏称为"砖家"，也是表达对知识分子沦落为职业"搬砖"的知识匠人的不满。知识分子失去了智识和社会责任感。爱德华·萨义德描述了这种为稻粱谋的知识分子的生存状态："不找麻烦，不跨出认可的范式或界限，使你自己畅销，尤其是使自己体面，因此让自己不好辩论，不涉政治，并且'客观'。"钱理群先生将之定义为"精致的利己主义者"。知识分子如果失去对重大社会问题、重大思想问题的关注，必将失去在社会生活中的中心地位，被公众所抛弃。

521

与葛体标、钱文亮、陈均诸友先后谈及"匿名的写作"。近年来，作为一个匿名的诗歌写作者，我觉得诗歌写作的匿名性包含了它的神秘性、互文性、非功利性。读博尔赫斯《诗论》（这本小册子是 1967 年他在哈佛开设诺顿讲座 6 场演讲的内容，1970 年由哈佛大学出版社出版发行），对此体会愈深。关于神秘性，可引博尔赫斯的写作经验为证："一旦我写下这一行诗，这一行诗对我来说就一点也不重要了，因为，正如我所说过的，这一行诗是经由圣灵传到我身上的，从我的潜意识自我中浮现，或许是来自其他的作家也不一定。"最后一句话也涉及了诗歌写作的互文性。博尔赫斯还说过，"文字是共同记忆的符号"，诗歌"只有通过我们共同的符号来表达"。至于写作的非功利性，那是一个基本前提。博尔赫斯说："一首诗是不是出自名家之手，这个问题只对文学史家显得重要。"

除此之外，博尔赫斯批评了作者进入写作状态之际的自我意识，"我认为当代文学的罪过就是自我意识太重了"。而他本人的做法是，"在写作的时候，我会试着把自己忘掉"。的确，如果一个作家过于在乎界定自我，过于在乎设定意义的框架、技艺的风格，这个作家的写作很可能失去诚实、自由、智慧。匿名的写作是全身心敞开的写作。

522

诗有很多种，诗人有很多种，一个诗人可以写很多种诗，一个诗人可以成为很多个诗人。这是博尔赫斯给我的启示。费尔南多·佩索阿给了我同样的启示。作为有多个异名的写作者，费尔南多·佩索阿就是一个匿名的写作者。他的异名和匿名均来自巨大的孤独，而巨大的孤独生发了强大的自我对话能力。

523

反过来说，一个写作者的自我意识太重，其寻找自我的意识则愈发淡漠了。自我是无限的，而不应被简单、刻板地界定。

524

铃木大拙是研究禅宗的大师。他说，"意识一旦觉醒，意志就一分为二：行为者和旁观者，两者必有冲突，因为，行为者（的我）要求摆脱观察者（的我）的束缚"。禅宗追求的境界是"无我"，既没有作为旁观者的我，又没有"作为未知或不可知参量的灵魂体"，进入"无为"的状态。禅宗追求的是大光明、大自在，不可有挂碍，故说遇佛杀佛、逢祖灭祖、遇圣剿圣，岂容自我监视、自我戒备？至无意识界，才是开悟。

中国有以诗说禅、以禅说诗的传统。佛经中的"偈语"就是诗的形式，唐宋禅僧喜写诗，寒山、拾得、皎然、贯休、齐己、惠崇、参寥等均有诗名，王维、苏轼也有不少诗写的是佛理禅机。严羽认为"以禅喻诗"是他的新见，"是自家实证实悟者，是自家闭门凿破此片田地，即非傍人篱壁，拾人涕唾得来者"。这个笔者无意考究，但是对他所说禅理与诗理相通的论点是赞同的。"大抵禅道惟在妙悟，诗道亦在妙悟"，"惟悟乃为当行，乃为本色"。"妙悟"之说，是诗人与诗成为一体，"悟"的字形从"心"从"吾"，而意在无我、无心，意在空灵、真实。

西方现代诗是"有我"的，而且是将自我作为心灵主体，将个体价值作为现代价值的本体和起点。西方现代诗不像中国古典诗学那般注重直觉、妙悟，而是注重经验、思辨；不像中国古典诗学那般主张物我两忘、超绝古今、生死一贯，而是要在心灵与外物、现实与超现实、生与死、灵与欲之间建立对话。所以，西方现代诗中始终体现出复杂人性与理想人格的矛盾、人与现实的冲突、使命与宿命的背离，作为观察者的自我和构成行动者的自我构成了自我二重性，二者难以取得同一，正如此岸与彼岸互为相对。西方现代诗中凸显的自我救赎的主题，实则是不断展开一个通过自我与他者相互观照而努力超越自我意识的过程。

相比较而言，在中国古典诗学传统中"他者"是缺席的。缺乏他者视野的自我主体建构因此在某种程度上缺乏反思性、批判性。从自我到无我，此中经过否定之否定，如果他者缺席则缺乏对话，从认知到实践则缺乏理性考量。

与西方现代诗学相比，中国古典诗学在终极性对话中视野更为宽阔，主体达到了无限自由，"无我之境"是超越时空、和光同尘的宇宙观，表达的是一个通彻的诗化世界。

525

黑格尔说："内在的善就是外在的恶，外在的善就是内在的恶。"对此，恩格斯是怎么理解的呢？恩格斯说："在黑格尔那里，恶是历史发展的动力借以表现出来的形式。这里有双重的意思。一方面，每一种新的进步都必然表现为对某一神圣事物的亵渎，表现为对陈旧的、日渐衰亡的，但为习惯所崇奉的秩序的叛逆。另一方面，自从阶级对立产生以来，正是人的恶劣的情欲——贪欲和权势欲成了历史发展的杠杆。"英国经济学家贝·曼德维尔说："我们在这个世界上称之为恶的东西，不论道德上的恶，还是身体上的恶，都是使我们成为社会生物的伟大原则，是毫无例外的一切职业和事业的牢固基础、生命力和支柱；我们应该在这里寻找一切艺术和科学的真正源泉；一旦不再有恶，社会即使不完全毁灭，也一定要衰落。"马克思在《1861—1863年经济学手稿》中高度评价曼德维尔的这番话，"已经证明任何一种职业都具有生产性。"恶的生产促进了人类文明的演进与完善，如同病毒的出现促进了人体的免疫系统。恶的价值存在于善的意向，王阳明说"知善知恶是良知，为善去恶是格物"，格物致知是一个无尽的过程，也是一个不断创新的过程。所谓"圣人不死，大盗不止"，如何是善？如何为善？良知格物都需要经过历史检验。人难以超越历史语境，所以人非常需要在多维视野中反省、求索，勿要轻易做出关于善恶的判断。

526

创造有利于反省和革新。诗产生创造力。

527

佛教认为"无分别心"乃是真心。儿童是没有分别心的，老子有"赤子之心"之谓。"心生则种种法生，心灭则种种法灭"，说的是现象世界的一切差别皆起于分别心。有分别心，就会心理失衡。无分别心，就是般若智慧。无分别心并非不分善恶，而是不陷入两分法中，认为非善即恶、非恶即善。《华严经》曰："入平等观无怨亲故，常以爱眼视诸众生"。无分别心即是平等，即是爱，即是慈悲。达到此境界需要修为，经过否定之否定才能回到本心。

诗心亦是真心。有人或许会问：诗之道求异求新，岂不是教人起分别心？诗人总想写出个性，这是不是分别心？其实，依佛教的视角来看，诗的创造并非起于分别心。佛教并非认为现象世界一成不变，只是主张离见闻觉知而转识成智；佛教也并非主张不作思辨，只是主张不作非此即彼的计较与取舍。诗的创造是智慧、生机、明心见性的开悟，而不是禁锢、死寂、罔顾变化的执着。

528

无分别心也是破名相而识真相。孔子说，学《诗》可以"多识草木鸟兽之名"。《诗经》里的草木鸟兽，是有生命力的，有灵性的，在字里行间是生动形象的。后来常常有人以此为"知识""符号"而稽考"密码"、穿凿附会，真是败了诗兴。这些草木鸟兽是如此具体、丰富、真切，今天读来，依然如在眼前，展开了一幅自然与社会生活的画卷，予人以直接的在场感。后世之诗中草木鸟兽多无实名，越来越概念化、抽象化，也就缺乏鲜活的意义了。有些所谓的意象，也就成了名相。人在越来越社会化之后，似乎失去了与万物沟通的能力，陷入知识-权力结构之中，难觅真趣与诗意了！《诗经》里写到如此繁多的动植物，每一种动植物都有实名，此乃纯真朴实，无分别心。

529

法国社会心理学家古斯塔夫·勒蓬1894年写下《乌合之众》。这是一本影响甚广的著作，直至今天我们还在用其中的观点对照、反思社会现实中的群体运动现象，如：纳粹时期和"文革"时期的群体参与、当今网络群体暴力等。书中说，群体只有很普通的智慧，只有最基本的智能，同时也只有最低层次的智力，因为群体缺乏主体责任。在群体中，个人行为的表现往往是自我人格消失，无意识人格起到决定性作用，靠本能而不是理性、靠外在刺激而不是内在智力来行动。作者还对"领袖"是如何统驭大众的进行了解构。虽然这本书缺乏实证研究，也缺乏逻辑推理，间杂有偏见和谬见，但是，它启发了人们应该保持怀疑精神与独立意识，这是避免文明崩塌、守护生命自由的最宝贵的动力。

我提倡"匿名的写作"，同样意在独立而自觉。评论家喜欢划分流派、风格和诗人群体，这样可以将诗歌问题简化，但是诗歌写作者应该对拉圈子、树旗帜的群体活动保持警惕，拒绝所有暗示、煽动、同化自己的群体力量。匿名的写作，也是领受孤独的写作。

530

柳向阳是美国诗人杰克·吉尔伯特的诗集《拒绝天堂》的中译者。向阳来宁波，告诉我吉尔伯特在青年时期成名后，一直隐居、漫游，不仅不逐声名，反而避之唯恐不及。吉尔伯特是一个匿名的写作者，他说："我不为谋生或出名写诗，我为自己写诗。"

兹录吉尔伯特的短诗《人迹罕至的山谷》如下："你能理解如此长久的孤单吗？/你会在夜半时候到外面/把一只桶下到井里/这样你就能感觉到下面有什么东西/在绳子的另一端使劲拉。"

吉尔伯特的孤独，是长久的孤独，不事世俗的孤独，却不只是他一个人的孤独。他写到的是人类共同的孤独：在绳子另一端的是什么力量呢？是一个反向的自我，一个未知的对手，还是一个潜在的上帝？这股使劲的力量让灵魂经受了考验还是开始了挣扎？能不能坚持，不放弃绳子的这一端？吉尔伯特对孤独的体验有如夜半时候的警醒，引人深思。

531

说到《乌合之众》，还是要说到早期传播社会学所反映的当时的一些社会观点，如李普曼的《舆论》和加塞特的《大众的反叛》，都将一时兴起的集体舆论视为危险而非理性的，将大众视为群氓。19世纪末20世纪初正是现代社会初露峥嵘之际，法国当代社会学家埃里克·麦格雷在《传播理论史：一种社会学的视角》中说，"'大众文化'的源头可以追溯到19世纪末知识分子围绕新发现的现代社会展开的热烈讨论。弗洛伊德、勒蓬、斯宾格勒、奥尔特加·伊·加塞特、T.S.艾略特的著作将大众几乎等同于乌合之众"。乌合之众被认为是类主体的聚合。诗人 T. S. 艾略特在《荒原》中写道："我们想到这把钥匙，各人在自己的监狱里/想着这把钥匙，各人守着一座监狱。"人与人之间画地为牢，被取消了主体间性。他在《空心人》中写道："我们是空心人/我们是填充着草的人/倚靠在一起/脑壳中装满了稻草。唉！/我们干巴的嗓音，当/我们在一块儿飒飒低语/寂静，又毫无意义"。描绘的是没有灵魂的现代人填充着草的空心人形象，倚靠在一起发出的声音是毫无意义的。

批判视野中的大众也是被认为缺乏理性的。在目睹法西斯主义的猖獗后，汉娜·阿伦特反思极权主义对整个社会的统治时，认为在集体标准缺失之际绝对的专制就会乘虚而入。阿多诺、霍克海默也认为社会原子化是现代社会病的根源，大众文化的标准化、工业化和操纵性、单向性的特征，都反映了个体意识的被压抑，人被遗弃于其自身，自闭于被动之中。因此，缺乏主体性的大众很容易被独裁者利用。

处于精神"荒原"的现代人对意识形态的入侵是脆弱的。今天，虽然有人觉得谈论后现代都已经不再时髦，但我认为，对现代性的批判仍然没有终结。比如，凯斯·桑斯坦对互联网社会的信息流动和身份流动进行了研究，他提出了"信息乌托邦"（infotopia）的概念并对此作了预警。互联网与协商机制的结合很容易导致"信息茧房"效应，导致公共性丧失甚至无序化。凯斯·桑斯坦概括了协商群体可能遭遇的问题，包括个体的认知错误在群体层面的频繁放大，隐而不见的知识死角（hidden profiles），信息串联效应（the blind leading the blind），以及群体极化（group processes）。是的，群体思维（group thinking）的危害在互联网文化语境下尤其值得重视。人的自我启蒙、自我独立、自我解放，仍然是诗歌的核心主题之一。

532

出生于意大利都灵一个犹太人家庭的普里莫·列维，因为参加反法西斯游击队被出卖而度过了在奥斯维辛集中营的艰难岁月。列维有化学博士学位，因此成为"特殊囚犯"而侥幸躲过死亡——与列维同行的一共有650名犹太人，而最终幸存下来的只有24人。列维晚年时根据亲身经历所写的《被淹没和被拯救的》是一本极具深度的著作。在那个暗无天日的人性"飞地"里，人不但被摧毁了人格，而且被剥夺了正常的情感，羞耻、同情、怜悯、痛苦、爱，都得不到许可。意大利心理学家德沃托说过，"因为一切都被禁止，所以一切都被视为反抗"。人在原子化之后，变得孤立无依、时时不测，精神很容易崩溃、绝望。

尤其引发我思考的是，在集中营里，同样一无所有、同样遭受非人待遇的囚犯竟然互相倾轧、内部迫害，有的囚犯成为可怕的施暴者、奴役者、行刑者，这究竟是为什么？是由于无耻听命，还是由于谄媚"合作"？是由于求生本能，还是由于失去理智？是由于弱肉强食，还是由于恶魔附身？为什么他们不通过自杀来拒绝和反抗？

在极权之下，生存和死亡已经不是一个可以简单地进行道德评判的问题。书中对此有冷静而阴郁的陈述："如果我们不得不体验并能体验到每个人的痛苦，那么我们将无法生存。可能，只有圣人才配拥有这种悲悯众生的可怕天赋。"列维指出，在集中营里是很少有人自杀的，只有当人活得具有人的意识时才会考虑自杀。

幸存是继续受难。受难者无法忘却那地狱里的记忆，也无法回避那梦魇般的追问。和列维有过同样经历的诗人保罗·策兰，也一直致力于探讨死亡的秘密。在《死亡赋格》里，他写道："死亡是来自德国的大师。"母亲教给他德语，他用德语写作，因此说德语也是他的母语。"母亲"和"母语"在他的血液里活着。然而，他的母亲死于纳粹的枪弹之下（他的父亲也死于集中营里），他从奥斯维辛死里逃生。奥斯维辛之后，策兰写道："一个犹太人用德语写诗是多么的沉重。我的诗发表后，也会传到德国——允许我跟您讲这样一个可怕的事情——那只打开我的书的手，也许曾经与杀害我母亲的刽子手握过手……"如此复杂的情感和超越自身的理解，决定了策兰的诗歌不是轻易的，而是石头开的花，是生命自身的言说。

　　策兰被称为"一个背负奥斯维辛寻找耶路撒冷的诗人"，他的写作是寻找生的力量——那不是为了令人羞愧地苟活，而是在见证野蛮、卑鄙、邪恶、死亡之后对人性和信仰的重新确认。列维在诗歌《如果，一个男人》（何磊译）中写道："如果一个男人：/在泥泞里挣扎，/于战火中绝望；/为一片面包而争夺，/因一句回答而命丧。/如果一个女人：/形容枯槁，无姓无名；/无力思索记忆，/眼神空洞默泯，/生命之源如冬水般/干涸冻凝……/如果现实如此，/你将如何自处？/只字片语，请君铭记于心。"他让人们向孩子重复这些问题，因为罪恶随时可能吞噬人性、导致灾难，失去记忆和反思将是恐怖的。加缪说，"写作，就是生活两次"。而普里莫·列维和保罗·策兰，不止生活了两次。他们从死亡中回来，重新思考生的意义，他们通过文字再次遭受人类有史以来最大的创痛，击中了人类差点变得麻木的良心。有学者研究《死亡赋格》的时态，指出现在时暗示了当下、在场，策兰并没有使用述说记忆、历史的过去时——这意味着"一切历史都是当代史"（克罗齐语）。英国历史学家克拉克说，"历史不是人类生活的延续，而是思想意识的延续"。我们不是希望历史"复活"，而是希望历史和生活"打通"，历史并没有与现实隔绝。

1970年4月，策兰在巴黎投塞纳河自尽。1987年4月，列维从他出生的那座小楼的楼梯上摔下来，当场死亡，有人认为列维的死是自杀。人们很难接受策兰和列维的死亡方式：因为他们没有死于奥斯维辛的肉体屠杀和精神屠杀；因为他们是无比强大的思想者，是我们的良心和勇气、价值和尊严；因为列维在《奥斯维辛幸存记》中给予我们启示："我们是奴隶，毫无权利，受尽侮辱，必定要死，但我们还有一种力量——拒绝认命的力量。"为此，我们不愿意把策兰和列维的死亡事件看作是宿命的结局。

533

加缪反对自杀，"自杀以自身的方式解除了荒诞，把荒诞拽住，同归于尽"。加缪认为，生命是荒谬的，但活着是正视荒诞，是西西弗式的反抗，是维护自由和尊严。

作家和诗人的自杀，各有原因。不管是什么原因，自杀都是一个哲学问题，而不可以简单地进行道德判断、心理分析、社会评价而妄加结论。

534

所谓遗世独立，所谓不随时俗流弊，就是与时代保持距离，同时更清楚地凝视时代，发现时代与本源的异质性，理解时代的错误和谬误，在关注自我、省视自我中重新发现自我、确立自我。

阿甘本在一次题为"什么是当代人"的讲座里说："当代性就是一个人与自身时代的一种独特关系，它既依附于时代，同时又与时代保持距离。更确切地说，它是一种通过分离时代错误来依附于时代的关系。那些与时代过于一致的人，那些在每一个方面都完美地附着于时代的人，不是当代的人；这恰恰是因为他们无法目睹时代；他们无法坚守自身对时代的凝视。"阿甘本解读了曼德尔施塔姆的诗《世纪》对当代性是如何进行描述的，进而指出，"诗人——必须为他的当代性付出生命的代价——他必须用自己的血来焊接时代断裂的脊骨"。诗人在审视自身时代时，"不是为了察觉时代的光明，而是为了察觉时代的黑暗。对那些经历当代性的人而言，所有的时代都是晦暗的。"在对黑暗的辨识中，诗人寻找光明——"黑夜给了我黑色的眼睛，我却用它来寻找光明。"顾城的这两行短诗的题目为"一代人"，这正是对当代的凝视。

诗人在对当代的凝视中才能贯穿时间的河流，才能无限临近本源和无限企及永恒。诗歌旨在让不在场的事物在场，让死亡的事物复活，让不可能的事物成为可能。

535

"匿名的写作"有一个前提，就是诗首先为自己而写。这将暗示作者，诗的第一个读者是自己而不是别人。

536

叔本华在《论孤独》中说："只有当一个人独处的时候，他才可以完全成为自己。谁要是不热爱独处，那他也就是不热爱自由，因为只有当一个人独处的时候，他才是自由的。"匿名的写作是专注于自己的写作，是从一切事物中体会到自己的心灵漫游，是忍受孤独又渴望孤独的精神自洽。如果想着为读者写作，或是为发表写作，写作就不自由了，正如在镜头前僵硬而做作的表演。

537

诗贵含蓄，亦贵简省。诗的语言是既含蓄又简省的。过于简省则不达意，不可能含蓄；过于含蓄则是隐晦，隐晦必不简省，隐晦需要设尽机关、增加冗余信息来干扰语境。

538

含蓄和简省都是对平庸形式的超越，是对想象力的肯定。含蓄和简省是突破语言限制的策略，通过"不言"而言，或者说，"不言"更具有可阐释性。

539

含蓄和简省不可理解为在语言层面利用技术来提高效率。含蓄和简省是突破语言层面的沟通机制，始于对读者的默契式信任，或可概括为："会心" ≠ "会话"。

540

美国女诗人艾米莉·狄金森是惜字如金的高手。狄金森一生有如隐士，诗作意象独特，想象奇崛，跳跃性大，美国意象派诗人尊其为先驱。

意大利诗人蒙塔莱的诗也非常含蓄、简省，笔调轻微，却是内涵复杂、情感深沉。蒙塔莱或曰意大利隐逸派主张诗的暗示性，为此有意去除诗的叙述性、逻辑性，多用具体、真切的意象。蒙塔莱的诗无尘俗之气，有玄妙之神。

狄金森、蒙塔莱的诗里有这些共同的气息：内倾的、隐逸的、空寂的、柔曼的。

相反，西方很多诗作用力过猛，形式夸张，概念密集，唯恐语言不能穷尽表达，实则损失了诗味，并不高明。

541

巴塔耶说，真正的诗歌在于一场以词语为祭品的献祭。诗歌献出词语，以词语代替物品来献祭的方式就是祈祷。祈祷的内容包括感恩、赞美、忏悔、请愿、回忆、敬仰等等——除了祈祷者听见自己内心的声音之外，祈祷唯一的聆听者是上帝。面对上帝，无需说出太多的词语（上帝知悉所有的秘密），言说本身就是有意义的，正如祈祷是必不可少的。

542

诗人对上帝说话，是对人格化的上帝说话，对可亲可敬的上帝说话。诗人相信上帝的回应，当然不是即刻回应，而是寄托于遥远的未来的回应。

543

庞德不止一次转述艾略特的话："对于想把诗写好的人，没有一种诗是自由的。"他强调的是诗的形式、技巧。诗的形式、技巧构成了秩序。自由诗在形式上并非不受拘束，只有与秩序相联系的自由才是理性的、真实的，信笔为体不过是本能驱动。"修辞立其诚"，恰当的形式、技巧体现的是写作的真诚，构成了文本价值，反之是不负责任和虚伪的。

544

诗的想象力是一种心智，克服狭隘、片面的成见、偏见，趋于完善、健全的心智。所以，诗的想象超乎经验和常识，旨在弥补对完整世界的视差，打破对自由世界的禁忌。

545

诗人所面对的话语控制，可能来自意识形态也可能来自流行文化，可能来自宗教教义也可能来自科学原理，可能来自官样文章也可能来自网络语言，可能来自知识也可能来自神话。诗人的精神世界里展现着各种话语争夺和现实投影，以澄之不清、淆之不浊的深广和复杂而不可简写为一字一句，不可解码为一符一号。诗人以突破各种话语控制而成诗，而解除社会性乃至直抵人心。

546

诗不可能读不懂，也不可能读懂。如果让人读不懂，则徒具形式感；如果让人读"懂"了，则个性尽失，诗性尽失。可读性和可写性（罗兰·巴特在《S/Z》中提出的一对概念）兼具，就是一首好诗。

547

诗的情感是个人化情感而不是社会化情感。社会化情感是非理性情感。社会化情感的极端表现就是集体性情感。美国学者林郁沁所著《施剑翘复仇案：民国时期公众同情的兴起与影响》从情感研究的视角考察了公众情感与社会政治事态间的互动关系，对比了中国式的集体性情感的政治参与方式与哈贝马斯所谓的西方市民社会的理性沟通方式。该书揭示，当公众情感与公众舆论、大众媒体合流并试图挑战威权政治时，政府却悄然利用、拉拢、操纵了公众情感。回顾20世纪的悲剧事件，其中都裹挟了公众的集体性情感，这种集体性情感被视作狂热的革命理想、强大的道德解药和无私的社会正义，不仅覆盖公共生活，而且渗入私人生活，如果有人拒斥、疏离，则被孤立、批斗、惩罚，从而陷入困境乃至绝境。这样的悲剧因集体非理性而起，摧毁人性与伦理，但愿不再重演。

548

王尔德说："快乐是给美丽的身体的，但痛苦是给美丽的灵魂的。"

痛苦是不得不分享但不值得炫耀的情感，是不愿意回忆又不能够掩埋的情感。痛苦是反省、警示性情感，分享痛苦是自我启蒙、分享智慧，而不是自我抚慰、转移压力。

549

汉语新诗的演进与发展，曾长期处于激进主义的困局之中。一方面不断倡导"诗歌革命"，各种口号和主张频繁更迭、一再寂灭，另一方面又缺乏自信、理性和从容，容易受到外在诱惑而缺乏内在成长动力。其中主要的焦虑是苦于得不到世界文学的认同，苦于分辨不清西方诗歌的标准，苦于追随不上西方的"先锋"和"潮流"。汉语新诗的现代化让位给了西方化，汉语新诗的理性主义的逻辑让位给了功利主义、工具主义的态度，汉语新诗的独立性让位给了寻求国外文学机构的注意和评价。

现在必须走出这一困局，确立汉语新诗的意志自由。诗歌写作不需要担负"走出去"、参与世界文学秩序重建的现实使命，也不需要在内部形成"全面繁荣"、运动式的集体狂热。汉语新诗需要的是诗人个体真诚、清醒、自觉的写作。不应迷失于对标新立异的恐惧式膜拜、对西方中心的叛逆性顺从。汉语新诗与世界文学的对话应该建立在确立主体、相互借鉴、平等交流、共同创造的机制上。汉语新诗最难也最重要的问题就是如何确立主体。不仅是用现代汉语如何写，而且是在国家的现代化和人的现代化相互交织的语境中写什么。这个语境独特，复杂，不管是世道还是人心，变化都大得很，快得很，出乎意料得很，给了汉语新诗不可回避的写作资源。诗歌怎么处理这些资源？怎么确立人的自由权利和生命价值？怎么既接续中国诗歌的传统又接引现代性的启蒙？激进不是办法，唯有众多诗人沉潜的独立写作和研究者多维的分析与讨论，才有助于整体性上促进汉语新诗的成熟，建构新的诗学范式。

550

林庚在《质与文：答戴望舒先生》一文中说："诗若是有了质而做不到'文'，则只是尚未完成的诗，虽然它乃正是诗的生命。"林庚致力于为汉语新诗寻找一种普遍的、诗化的语言形式，虽然这几乎是不可能完成的挑战，但是他认为一首诗的完成度乃在于"文"的理念无疑值得肯定。

有意思的是，诗在形式上的完成度恰恰体现为它的未完成度——一首诗若是给人没有写完的感觉，它就留下了想象的空白。

其实诗的完成度可以与人互喻：哪一个人可以说自己已经完成了自我呢？生命的意义不在于终结，而在于未终结。生，何以完整？无限趋于完整，又永远不完整。

551

"文"，是必要的形式。不论是简省至极，还是繁复至极，都不会有任何多余，也不会有任何缺失。

552

诗从不安于现状。诗所关注的始终是终极价值而非切近价值。

553

诗人以问作答。诗所提出的每一个问题都是严肃而重要的，却又是不可把握的。

554

海德格尔说："把语言从语法中解救出来使之进入一个更原初的本质架构，这是思和诗的事。"维特根斯坦说，"想象一种语言就是想象一种生活形式"，"把语词从其形而上学的用法中带回到它们的日常用法"，即语言作为生活的一部分，让语言回到生活，回到活生生的言说。这样，才能去除陈言，还原存在，抵达本质。语言先于逻辑，海德格尔和维特根斯坦都寄望于打破逻辑法则，进入本真言说。

555

离开城市而行走山野间，不仅换了环境，而且换了心境。或者说，在空间的转换中，时间也转换了。不再局促于当下，并且打通了过去和未来。席勒说，只有在游戏中，才能成为一个完整的人。当下是事务性的，有目的，有意图。解除当下的束缚才可能忘记与时间对抗，无所用心，回归自然。

556

诗的本质即人的本质。卡西尔在《人论》中说："人的突出的特征，人的与众不同的标志，既不是他的形而上学本性，也不是他的物理本性，而是人的劳作。正是这种劳作，正是这种人类活动的体系，规定和划定了'人性'的圆周。语言、神话、宗教、艺术、科学、历史，都是这个圆的组成部分和各个扇面。"人的劳作，即人的主体创造性。但凡扼杀人的创造性的，皆为将人置于非人的困境。诗乃人的自我解救，诗守护和捍卫人的创造本性。

557

与诗友辩论新诗的传统。我认为应以共时性眼光而非历时性眼光来看待传统。值得借鉴的传统，不意味着属于过去的腐朽，而应视为贯穿至今的鲜活。颠覆传统实为目光短浅的势利，而辨识传统实为目光远大的智慧。否定传统只会刻意表现新的技术而最终远离本质的精神。

558

每每遇到说读不懂现代诗的人，我就建议他多读几遍。重（zhòng）视，也可解释为重（chóng）视，就是换个心境，多读几遍。有的现代诗我以前也读不下去，或者理解很少，至中年后可以深入读下去，也自以为理解较多。唤醒一个诗歌文本，需要一颗真诚的心。用心去读，沉浸其中，乃可品诗。其实读旧体诗也是如此，连多读几遍的耐心都没有，如何有鉴赏诗的品位呢？

奥登认为，即使多读也不行，必须换个心境。他说："当一个人考虑解读一首伟大的诗歌所需要的精力时，那种每天都在上面花费精力的想法是不太必要的。真正的杰作应该留到精神的赎罪日再读。"

559

诗不可定义。唯一举世公认的诗的标准，就是诗是分行的。汉语古诗在印刷时即使不分行排列，仍然恪守共同的分行标准，古体诗分四言、五言、七言和杂言，近体诗分绝句和律诗，词有词牌，曲有曲牌，分行都有规律。"诗行"拉丁文vertere 原意就是"折转"，折转意味着文本内部的回旋，新的一行是一次重新开始，每一行都凸显出来。而散文是单向地、一步步地前进的语言，没有回溯和重复，没有停留和飞跃。分行只是诗的基本属性，但是，如何分行是诗的最高秘密。

560

据说，很多喜剧演员包括滑稽戏演员，在日常生活中生硬，古板，寡言，抑郁。因为在舞台上笑得太多，说得太多，他们在生活中很厌倦制造笑点。他们对语言的游戏失去了热情。

诗歌的语言是表演性的吗？诗歌的语言是日常性的。

561

诗人以孤独为意念、行为、状态。哲人也是如此。黑格尔有名言："做一个孤独的人。"卢梭自况为孤独的散步者，在著作《一个孤独散步者的遐想》中他探讨了命运、道德、情感、知识、真理等重大问题，孤独地散步则是独立思考的方式。里尔克在《秋日》一诗里写道："谁这时孤独，就永远孤独/就醒着，读着，写着长信/在林荫道上来回，不安地游荡/当着落叶纷飞。"诗人的孤独是永恒的孤独，在孤独中才得以存在。

小说家、文学批评家亨利·詹姆斯提倡心理现实主义，注重内心活动与外在现实的关系。他提出，"努力做一个一切在你身上都有回应的人"。诗人、哲人能够在孤独中设身处地、体验存在，这就是他们打开世界的钥匙。

562

中国古典诗歌多隐匿了人称，而读者进入诗歌文本即成为虚拟的第一人称角色。所谓"不隔"，就是作者与读者是可以换位的，因此，中国古典诗歌注重经验、情感的共通、共鸣。西方现代诗强调经验、情感的独特、另类，作者和读者之间是对话的两个主体，而区别于中国传统诗学里作者和读者之间的主体换位的关系。这也是很多中国读者说看不懂现代诗的原因之一。不适应与他者对话、与异端对话，就会始终觉得现代诗是"隔"的。

563

西方现代诗有清晰的时态维度，时间在西方现代诗里是作为叙事的要素、情感的要素的。中国古典诗歌里时态常常不可辨，基本上是现在时，是现场之感、即时之悟。阿米亥说希伯来语也没有复杂的时态，多为现在时，《圣经》里时态的转换也很寻常，将来时也用以描述过去之事，所以阿米亥的时间感是将过去和未来引入现在的意识界。诗歌是穿越时间的，是与时间对抗、和解的，是既注重当下又追求永恒的。

564

过于程式化的写作是机会主义作祟，过于游戏化的写作也是机会主义作祟。要么过于刻板，要么过于冒险。

形式创新应该平中见奇，或险中见稳。超现实主义的"自动写作"就有机会主义之嫌，类似于文字赌博。

565

现代社会信息过剩，对于心灵来说，很多信息是超载的、压迫性的，因此要做信息的减法。诗，是删繁就简、化繁为简的艺术。诗的深度，不是靠芜杂的信息量，而是勘破俗念，收摄意象，提炼精神。

566

禅宗讲，"觉"字是万妙之源。又讲，平常心是道。事物本来平常，人心本来平常。冯友兰说："为了成为圣人，并不需要做不同于平常的事。他不可能表演奇迹，也不需要表演奇迹。他做的都只是平常人所做的事，但是由于有高度的觉解，他所做的事对于他就有不同的意义。"作诗也是如此，妙在觉解，不必神乎其技，不必故作惊人语，而以日常语言写平常事物平常心，却是超尘脱俗。

567

清人贺裳在《皱水轩词筌》中评论唐代诗人李益和宋代词人张先的诗词云："唐李益诗曰：'嫁得瞿塘贾，朝朝误妾期。早知潮有信，嫁与弄潮儿。'子野《一丛花令》末句云：'沉恨细思，不如桃杏，犹解嫁东风。'此皆无理而妙。"

这里所说的"无理"，是相反相成的诗的表达艺术，或反话正说，或正话反说。李益句，早知潮有信也不会嫁与弄潮儿，而"早知潮有信，嫁与弄潮儿"则是不悔当初而幽怨当下。张先句，唐代李贺有名句"可怜日暮嫣香落，嫁与东风不用媒"，而"不如桃杏，犹解嫁东风"是反其意而用之。

此外，"无理之妙"有多种方式。或因果倒装，如欧阳修句"春风疑不到天涯，二月山城未见花"，前后句因果次序颠倒。或矛盾修辞，如元稹句"寥落古行宫，宫花寂寞红"，"寂寞"与"红"搭配即属此类。或夸张荒诞，如李白句"轻舟已过万重山"乃夸张之笔，再如《诗经·河广》："谁谓河广，曾不容刀。谁谓宋远，曾不崇朝"乃颠覆之语。或错位移情，如贾至句"东风不为吹愁去，春日偏能惹恨长"，自己的愁何以怪东风不吹走呢？自己的恨哪里是春日惹来的呢？又如岑参句"孤灯燃客梦，寒杵捣乡愁"亦是恍兮惚兮，主客体之间反常理而合情理。

这里所说的"妙"，就是诗之趣味，妙是不可言的，既出乎读者的意料，又让读者高度认同，产生共鸣。"无理而妙"体现的是想象和创造的能力，旨在言不可明言、不可确言的隐秘情事、复杂情感、幽深情理。

"无理而妙"是中国古典诗歌创作的手法、境界、美学理念。洛夫将之纳入现代汉语诗歌的写作实践中。他说："数十年来我有一个构想，就是以中国的传统美学为基础，再参照西方现代诗，这是我几十年一直不断地实验、论证、创造的一个新的诗歌形式——中国现代诗。首先我要做的是从中国古典诗歌中去寻找参照系数，从古人的诗中去探索超现实的元素，结果我从古代诗人李白、李商隐、孟浩然，甚至于杜甫等人的作品中发现了一种跟西方超现实主义性质很相似的一个因子，那就是'非理性'"，"在古人的诗歌中，我还发现了一种了不起的、非常奥妙的、绕过了逻辑思维直接触及生命与艺术本质的东西，后来有人就称之为'无理而妙'。'无理'就是非理性，这个东西是中国古典诗歌与西方超现实主义两者十分巧合的内在因素，但是如果仅仅是'无理'，我认为恐怕很难使艺术诗在艺术上获得一种有机性和完整性。中国诗歌高明之处就是在这个'妙'字，换句话说，诗歌绝不止于'无理'，它最终必须达成一种绝妙的艺术境界和效果。"

台湾的洛夫认为，"无理而妙"使得现实中的不可能成为诗中的可能。他引自己的诗句"当青松奋力举起天空，你便可听到年轮旋转的声音"为例作解："一株松树可以把天空举起来，这已经够玄乎了，树的年轮还可以转动，而且还可以听到转动的声音，这就更不可思议了。"

洛夫将"无理而妙"的"理"阐释为逻辑，有启发性。"无理"不是反逻辑，而是去逻辑、取消逻辑。西方的哲学发源于逻各斯本体论，认为逻各斯是贯穿万物的理性，世界从逻各斯中产生。海德格尔从语源学上考证，古希腊语中的"logos"，起源于"legein"，而"legein"意为"说话"。逻辑"logic"也起源于"logos"。逻各斯包含了语言、理性、推理、本质、价值。在中国古典哲学里，《老子》通行本第一章有言："道可道，非常道；名可名，非常名。无名，天地之始；有名，万物之母。故常无欲，以观其妙；常有欲，以观其徼。此两者，同出而异名，同谓之玄。玄之又玄，众妙之门。""道"，是老子提出的核心范畴，由此发展出道家思想。"道"难以言说，也可以言说，只是不能以寻常方式言说，不能拘泥于语言和概念，"非常道""非常名"是也。"道"生于万物之中，万物有名，故"道"是可以言说的。"道"之"妙"也可以"观"，"道"是"众妙之门"。而禅宗主张"妙悟"，前提是"不立文字"。"语言道断，心思路绝"，想了，说了，就是执着于名相，远离悟境，远离本来面目，不通真实之道，所以，要把人心从语言的圈套里、从概念的圈套里、从逻辑的圈套里解脱出来。《五灯会元·温州净居玄机》记载温州净居尼玄机往参雪峰。峰问："什处来？"曰："大日山来。"峰曰："日出也未？"师曰："若出则溶却雪峰。"峰曰："汝名什么？"曰："玄机。"峰曰："日织多少？"师曰："寸丝不挂。"遂礼拜。退，才行三五步。峰召曰："袈裟角拖地也。"师回首。峰曰："太好寸丝不挂。"这个公案说明玄机并未悟道，虽然对答如流，只是捷辩巧言，心有挂碍。又，晦堂禅师启发黄山谷："才涉思维，即非禅道。"禅道无关语言，更不讲逻辑，《般若波罗密多心经》谓"无受想行识"。禅宗公案之"无义语"，即跳脱思维轨道，不着边际，让丈二和尚摸不着脑袋。《景德传灯录》记载，问："如何是佛法大意？"师曰："蒲花柳絮，竹针麻线。"在答非所问中，切断逻辑链条，非如此不可传心灯。《朱子语类》卷七："今之禅家多是'麻三斤''干屎橛'之说，谓不落窠臼，不堕理路。"无尽之义，何以诠释、识见？妙而不可言，妙而不可思议。严羽所说"不涉理路，不落言筌"，以禅说诗，阐释的也是"无理而妙"的意思。

理性、逻各斯，容易将丰富的生命内涵抽象化。禅宗主张"参活句，不参死句"，"若要见性，必伏意识"，旨在破除执念，直指人心，直觉顿悟，而不是堵住了言路、心路。生命的活力无穷无尽，体现在日常之中即为"生活"。由此，诗学意义上的"无理而妙"，或可从本体论上作进一步深解，而不为"逻各斯"所局限。

568

唐宋以后中国古诗受禅宗思想影响较多，禅宗回到日常生活中的主张，也影响了文人写诗，他们向禅宗信手拈来、脱口而出的语言方式学习，力求生动、活泼、通俗、平易，题材上多写来自日常生活的感悟，贴近普通人的情感和认知经验，抒情、叙事、论理，都少了曲折含蓄，更不会艰涩奇险，多用日常语言，甚至不避俗语俚语，如拉家常，率然成诗。白居易、元稹、苏东坡、朱熹、杨万里等人，都做了这方面的尝试，以求言近旨远、意在言外。

569

清人赵翼《瓯北诗话》卷四："中唐诗以韩、孟、元、白为最。韩、孟尚奇警，务言人所不敢言；元、白尚坦易，务言人所欲共言。"这两条诗路，似乎一直并行。前者在探索诗的独特性、陌生化方面孜孜以求，如少些斧凿之痕则匠心独运。

后者在探索诗的圆融感、共通感方面投入身心，如多些克制节律则不流浅俗。这两条路很难汇合，如若汇合，则可谓"天工人巧"。赵翼有论诗之诗，其一云："满眼生机转化钧，天工人巧日争新。预支五百年新意，到了千年又觉陈。"又一云："少时学语苦难圆，只道功夫半未全。到老始知非力取，三分人事七分天。"所谓"天工人巧"，"三分人事七分天"，总体上而言，诗乃天成。诗人何不听任天然？

570

超现实主义的"自动写作"绝不是听任天然。"自动写作"仍是一种技术，无非以所谓心理学说为理论依据。听任天然，是诗人在他我、物我的观照之中，被澄澈之精神所照亮，被瞬间之永恒所照亮，被最高之本体所照亮。

571

诗乃天成，并非诗神委托某一个天才。诗神可以委托每一个人，如果这个人幸运地处于与诗神对话的瞬间，如果这个人幸运地见到了诗的精灵并且乐于告诉别人这个秘密。

572

诗有多么神秘，正如信仰有多么神秘。

573

中国古代将诗性的激情称作"兴"，王勃《滕王阁序》："遥襟甫畅，逸兴遄飞。"同时，"兴"也是诗歌的表现手法之一，是在事物之间即刻产生关联，不必拘虚绳墨，俯拾皆是诗意。"兴"起于对外物变化的敏感之中，是一种精神游戏，万物皆可为媒介。所以，我认为"兴"是最早的超现实主义。

574

"兴"却非移花接木，却非刻意粘贴，却非搬弄词语。"兴"来无心，出乎作者之意料，跳动生动之精灵。如果是移花接木、刻意粘贴、搬弄词语，咋看上去有些奇怪，仔细一看死板生硬。

575

诗言志，志存高远。退一步，海阔天空般的高远。这一步就是诗与现实之间的距离。

换而言之，诗如果破除了现实的复杂性，则表明诗创造了更大的复杂性。诗的魅力在于删繁就简的创造力，诗说得最少，而说出的最多。

576

西方现代诗从浪漫主义走到后现代主义，已经丧失了对意义的建构，对崇高的信任，对美的向往，越来越琐碎、浅表、颓废、虚无，对于人类社会的理性和价值充满了悲观、怀疑、反讽和解构，思想和智性被认为是可笑的，异常和变态被认为是经验的，各种极端化的语言形式也反映了表达的无奈、无聊、无可沟通。在人类社会和自然世界之间，也没有形成对话和召唤机制，封闭于社会个体内部的孤独感摧毁了诗人对主体性的追寻。诗人失去了悲天悯人的能力，失去了仰望星空的热情。诗歌有必要关注现实，却又需要超越现实，有必要反思理性，却又需要超越理性，如此才能具有来自生命本体的生气与活力。

577

涂尔干的"失序"、韦伯的"幻灭"、马克思的"异化"，皆为对恶的聚焦。

涂尔干为现代社会转型中出现的"失序"忧心忡忡，各种冲突、贪婪，各种社会混乱和道德危机看不到尽头。韦伯从理性化的后果中没有看到现代化的前景，而是看到了"铁笼"一般的绝望。马克思揭露了转型过程中上层建筑领域的"失序"和人的"异化"。对于启蒙理性，他们均有批判立场和眼光，理性绝非人的唯一需求，理性不能替代人的意义性、情感性存在。

后现代主义思潮进一步对理性提出了怀疑、批判和解构，认为理性并不必然带来平等、自由、民主，而且形成了新的专制和集权主义，形成了新的矛盾、不确定性和危机，因为理性忽视了人的复杂需求和多元存在方式。

吉登斯、贝克等西方学者用"反思/自反"范式替代了"理性/非理性"范式，对现代性做出了新的诊断。他们提出的风险社会理论认为，随着科学技术、信息化、全球化的发展，现代社会成为一个开放的、不确定的风险社会，现代化进入了反身性（reflexivity）阶段。包括启蒙理性在内的一切知识都变成不可靠的，真正的理性是指能够自觉意识到自身理性的有限性，从而加强对工具理性和知识的约束。

一个现代诗人应对现代性具有批判性的认识。对现代性的认识非常复杂，不可能三言两语概括，但梳理出基本线索、提炼出主要问题，有助于诗人增强写作的自觉，增强对现实的关注。

578

对于诗人而言，表现自己和大多数人之间的情感差异性固然不易，发现自己和大多数人之间的情感相似性更为不易。

579

虚构幸福是浮浅而自欺的，虚构苦难是邪恶而欺人的。诗，不会虚构神圣的情感。

580

将贫穷、闭塞、创伤、苦难道德化，这样的"乡土写作"，比起向权力谄谀的"我很幸福""我很感恩"之类的表白来，更为迎合、说教，也更为扭曲、虚伪。

581

深沉的情感来自思想，它经过了考验而不再动摇，因此它是可以接受的。

绝大多数情感来自直觉，不假思索，这样的情感可能是软弱的、浅薄的。

582

屈原的思考，是面向未知之路的思考："路漫漫其修远兮，吾将上下而求索。"是在漫无止境的路上思考，是在上上下下的、多元视角的、亲历又超然的观照之中思考，是在未完成之中思考。修远之路，是思考的情境。

雅克·德里达也把思考的情境设置于路上。他说，在旅途之中思考（to think in travel），或者去思考旅途（to think travel）。在离家之旅途中，在对远离（being away）家的未知之地的向往和承受之中，思考是精神的流亡，且并非限于肉体的迁移。精神的流亡空间，是一个充满痛苦、难以融入的领域，又是一个等待发现、相对自由的孤岛。诗人最多视其为命运之地，却并不视其为终极之地，它仍然是不确定的。因此，思考永不停下脚步。

米沃什对自己的写作提出的要求是："新的眼界，新的思索，新的距离。"他与世界保持了精神上的距离，这使他获得了新的眼界和新的思索，摆脱了外在价值的诱惑，也突破了自我禁锢的经验，实现了个体的独立、清醒、自觉。

"诗言志"。志，心所之也。诗要表达的，就是心灵在道路上前行。

从某种意义上说，诗人就是流亡者。流亡是一个思想者的求索精神和创造勇气，而不是布罗茨基所批判的"流亡作家们"的身份，不是一种被社会化的心态，不是一种意识形态化的行为表演，不是迫害妄想症，不是怀乡病，不是永远以牺牲品自居的怯懦人格。流亡不是向后看的，而是一直在前行之中，如布罗茨基所言，努力成为"一个自由人"。

583

有的小诗人总想写"大诗"，诸如用大词，写宏大题材，写长诗、史诗之类。

有的大诗人却终其一生写"小诗"。弗罗斯特写的诗大多篇幅短小，取材于日常生活，所用语言也是日常语言。毕肖普、阿胥伯瑞也是从细小的事物中屡屡发现世界的惊奇，信手拈来地写，却直通人心、引起共鸣。

伟大的小诗往往令人难忘。能留下的"大诗"却微乎其微。

衡量诗的大、小，可以看看这首诗是否"真力弥满"。一首诗若有一点掺假，则显得十分虚弱。

584

语言难以遮掩一首诗。

虚假之物也难以遮掩语言。

585

诗之思，是朝向未知的冒险，也是之于理性的平衡。

586

不夸大作为作者的孤独。因为还不够孤独，所以写得不够深入和克制。

不怀疑作为读者的孤独。如果能够孤独地读，则有可能读到秘密和智慧。

587

所谓经典，都是有阅读难度的，而不是好读、易读的。只有孤独地读，才能从经典中读到自己被认同的力量，甚至读到自己所认同的力量。读经典的过程，不是消费他者、释放快感的过程，而是在痛苦的磨砺中缓慢发现自我的过程。

588

诗的伦理是什么？让诗成为诗。

所以，有人认为，技巧体现了诗的伦理。没有技巧的写作，是无视诗的伦理的，将诗贬抑为无所敬畏、无所聊赖、无所节制的宣泄乃至说谎。

让诗成为诗，是让诗通过语言具有沟通的可能性，具有意义的复杂性、未知性，而不是让诗通过语言遭到歪曲、简化、遮蔽、消解。

589

诗的技巧，并非诗人的机心所能致。

有机心的诗人，是欺人而自欺的。欺人，即卖弄才能，骄气逼人，"知巧而睹于泰"，有莫名的优越感。自欺，即自以为是，投机取巧，故弄玄虚，复制"套路"，打上"标签"，强化所谓的"个人风格"。

诗的技巧是非个人化的，或者说，是以诗为本体的。

工具理性至上容易滑向恶。个人是渺小而不可自夸的，使机心，多算计，恰恰无知可笑。"道可道，非常道"，"非常道"就是打破逻辑，放下机心，返璞归真，大道至简。让诗成为本真的言说，这是诗最高的技巧，也是诗最高的伦理。

590

语言的所有尝试，都在于寻求更真实的自我，寻求更本真的言说，或者说，在不知不觉地体验、改变和确认自我，不断解放文本而不是让文本局限于既定的框架之中，由此无限接近完美之诗。

591

技巧是写作的仪式。这也反映出，写作是神圣的。

592

技巧是严密的，正如游戏的境界在于遵从严密的规则而又超逸于规律之外。

593

与友辩诗。友问："你说诗朝向真理，但你知道真理在哪里吗？何以知道诗离真理有多远呢？"我反问："你知道死亡在哪里吗？何以知道自己离死亡有多远呢？"

死亡如真理一样是绝对的。向死而生，方能创造生的意义。同样，诗的意义永远在创造之中，因为真理既是确定存在的，又是未知的，所以诗有着永不枯竭的创造力之源泉。

594

好友张海华（网名"大山雀"）是博物学家，观鸟识鸟多年。他与我谈及《诗经》中的鸟："关关雎鸠，在河之洲"，关关之鸣乃求偶之声，故有后句"窈窕淑女，君子好逑"；又如，"鹡鸰在原，兄弟急难"。鹡鸰的叫声为"脊令脊令"，尖细仓促，如鸣警报，故可联想为"兄弟急难"。故依海华之意，先人之诗往往得之即见即闻，比、兴难分，既是直接的又是间接的。台湾学者郑毓瑜在《引譬连类：文学研究的关键词》一书中，以历史地理学的研究成果，提出了"兴情"与譬喻架构的关系："看似简单的以自然景物起兴的譬喻，其实嵌合在一个个互相融会的知识与意义结构中。"那么，我们诠释《诗经》中的诗篇中"兴"之所起，应该"跳脱想当然的联想，而必须关注诗篇所牵涉的居住环境"，即关注风土体验的"在场"、人与环境的"互动"。

595

好诗人致力于写出普通人的情感而不是什么特殊的情感。没有一种情感比较于别人的情感更为特殊，而任何情感都是非比寻常的。

596

寓言让动物说人的语言，神话让神说人的语言，而诗歌无意于模仿神的语言，也无意于模仿动物的语言，诗歌本来使用的就是人的语言。

597

写诗如同宗教行为，是完全独处时的不得不说。

598

诗人的概括力，是经历万般悲欣、无数歌哭之后视己如人、等观物我的超现实能力。正如诗人的想象力是来自丰富现实、对现实一再回顾与反思的还原能力。

599

诗可以有书卷气，但不可有学生腔。

600

忘记自己是一个诗人，才能成为一个诗人。

601

对诗的热爱，才会激发对诗的形式的无意义探索。诗没有保守的形式，所有对诗的形式的偏见来自于对诗的精神的误解。比如用接受传统诗歌形式的经验来看待现代诗，就怎么也理解不了那些从不"入诗"的意象和主题，因为这些意象和主题"突破"了诗的形式。

602

每一个时代，诗歌的形式都体现出差异。诗歌的形式因时而异，源于诗人对所置身的现实和文化的敏感。对既有诗歌形式的理解和同情，也是对诗人的理解和同情。对新的诗歌形式的探索与确认，同样是一种主体的自觉。

603

以他者眼光读自家诗，可能是审判，可能是审查，但不可能是审美。

604

诗对于时代的见证，有时候，一个细节就够了。当然，只有伟大的诗才能捕捉到这样的细节。

605

诗要求语言必须清晰，而语言希冀诗愈加混沌。

606

"物哀"与"幽玄"是日本美学中重要的范畴。"物哀"（"哀"即同情与感动，不止于悲哀这一种情感，而是包括各种丰富的情感。）着眼于物，以物观我，从物之变化中体察生之无常、美之易逝、宇宙之浩瀚，生发微妙的感喟和严肃的思考，物我一体，主客观是融洽的。"幽玄"是向内探求自我，用"心眼"来欣赏而非用肉眼来欣赏事物，达到"有就是无，无就是有"的超越于主客观的空寂、虚幻之境，可以说是超然物外，神游不拘。从日本俳句中可以充分体味物哀与幽玄，如小林一茶的"故乡呀，挨着碰着，都是带刺的花"、正冈子规的"渡船春雨至，船上伞高低"即为物哀，松尾芭蕉的"闲寂古池旁，青蛙跳进水中央，扑通一声响"即为幽玄。

物哀与幽玄反映了东方的审美趣味，与中国古典美学的精神是近似的，不过更加纤细精微。王国维曾说纳兰词"以自然之眼观物，以自然之舌言情，此初入中原，未染汉人风气，故能真切若此"，庶几可近物哀。日本学者入谷仙介说王维诗"把自然美看作超脱俗世的清净至高之物"，《终南山》（太乙近天都）一诗"乃至几乎忘却了自我"，庶几可近幽玄。但中国古典诗歌终究多些劲健与实在。

为什么说到物哀与幽玄呢？刚刚读到阿米亥对西方现代诗

的一处反思，即如何处理主观与客观。西方现代诗中，主观与客观大多是互相对立的，甚至是彼此孤立的。在东方的诗歌传统中，主观和客观却是有机联系的。汉语新诗自然不可丢弃这个传统。

607

日语的"幽玄"或来自谢道韫《登山》诗："峨峨东岳高，秀极冲青天。岩中间虚宇，寂寞幽以玄。"追求出世清逸、悠游放旷、幽眇玄远，是魏晋时代的审美精神。当然，"幽玄"更可追溯到老子、庄子的思想。

静观是一种接纳的状态，一种面向无限的状态。苏东坡诗《送参寥师》云："欲令诗语妙，无厌空且静。静故了群动，空故纳万境。"万物静观皆自得，万境入心俱空灵。静观，是心与物齐，心不宰物亦不为物役，彼此无碍且冥契。物各自然，自足存在，而诗人凝神而视，乃排除主观杂念，所谓"目击道存"，道存在于所目击之物中。美国的威廉·卡洛斯·威廉斯的"意在物中"（"No idea but in things"）之说也有类似主张，威廉斯反对抽象、推理、说教，主张直观事物，捕捉事物原初的状态。

静观需要突破视阈的限制，俯观、仰望、平视，远眺、洞察、透视，注目对视、转身回顾、极目前瞻，如是种种，皆在破除观看的障碍、框架、姿势，乃至不视而视（如"鸟鸣山更幽"），视而不见（如"山色有无中"）。老子说："视而不见，名曰夷；听之不闻，名曰希；搏之不得，名曰微。此三者不可致诘，故混而为一。其上不皦，其下不昧，绳绳兮不可名，复归于无物。是谓无状之状，无物之象，是谓惚恍。迎之不见其首，随之不见其后。执古之道，以御今之有。能知古始，是谓道纪。"老子认为，道是实存的，也是虚空的，所以不可见、不可闻、不可触及；道永远在运动之中，惚兮恍兮，所以观道乃在一颗古始的初心。

所谓诗心，就是初心，赤子之心。它是敞开的，自由的，充满无限可能的。

608

中国古人把宇宙的初始状态称为"混沌"，《庄子》里混沌已经人格化了："南海之帝为倏，北海之帝为忽，中央之帝为混沌。"倏忽凿通七窍而混沌死。换而言之，意识和文明扼杀了本性、诗意。混沌之美，是天人合一、物我不悖、恢宏无垠的整体美、无穷美、和谐美、自然美，是不言的大美，是浑然的元美，是流转的永恒美。混沌之诗，即返回之诗、简洁之诗、反省之诗、天真之诗。

609

在语言里寻找故乡。

当然，是在没有被污染的母语里。

610

在事物中体悟诗意。

熊十力说："体仁而后能泛爱万物，天地一体。"这与程颢《定性书》中"仁者，浑然与物同体"的意思一致。万物体现了天地化育，体现了天地初心。

611

在形式中追求无限。

对于诗而言，形式即内容。

612

诗的光辉照亮未明的事物（这些事物并非不在场，而是被遮蔽），建立了在场的事物之间的联系，明晰了隐于事物之中的神妙。所以，诗是主客体的相遇、互认，而不是隔绝、错失。

王夫之认为离开格物无以致知。他提出了一个认识论命题："形也，神也，物也，三相遇而知觉乃发。"人的内在精神（神）通过人的身体感官（形）接触、把握客观事物（物），统合了感性认识与理性认识，统合了主体与客体，形神物三者相互作用而致知。

613

德国浪漫派对人的内在生存问题的关注，可概括为主体悖论。其中，施勒格尔认为，"人是自然对自己的、创造性的回顾"，人是自然之子，自然是人的生命之源。人不是绝对自由的主体，但人是追求自由的主体。人"同时是有限的和无限的"，处于"自我创造与自我毁灭经常交替"的生存悖论之中，人既想成为世界的主体又被世界反讽。反讽是人不由自主的存在形式。

由此，施勒格尔将反讽作为了一个重大的哲学问题，"哲学是反讽的真正故乡"而"反讽是悖论的形式"。他视苏格拉底为哲学反讽的启蒙者，苏格拉底的策略是从对方的立场、立论的前提出发，通过层层反诘、追问，抓住对方的逻辑悖论，指出对方结论的谬误。由此而言，施勒格尔的反讽，与古希腊的对话与辩证一脉相承。

不止如此，施勒格尔提出"把反讽定义为逻辑的美"，因为反讽可以是"双重反讽""反讽的反讽"。所谓逻辑的美，是辩证法的光芒，而且，"只要是在还没有变成体系、还没有进行哲学思辨的地方，人们都应该进行反讽，而且要求别人也进行反讽；甚至连斯多葛派也把世故练达当作美德"，这应该就是他反复所说的"机智"——"机智是合逻辑的交往"，"机智自身就是目的，一如道德、爱情和艺术"，"机智是被束缚的精神的爆炸"。

他把"机智"区别于"人们通常所说的理性"，"使机智成其为机智的"是另一种理性，"温柔敦厚的理性"。他说："温和的机智，或没有噱头的机智，乃是散文不得不认可于诗的特权；因为只有通过全神贯注于这一点，单个的念头才会获得整体性的特点。"反讽正是这样的机智，反讽正是诗的艺术。"诗单靠自己也能从这个方面把自己提高到哲学的高度"，"有些古代诗和现代诗，在任何地方都完全无例外地散发着反讽的美妙气息"。这样的美妙气息表现为："在内部则有一种气氛，视一切而不见，无限提高自己，超越一切有限，甚至超越自己的艺术、美德和天才；在外部，即在阐述中，有一种优秀的意大利丑角那种司空见惯的戏剧格调。"

综上，施勒格尔所说的反讽，是哲学的，也是诗的，是诗与哲学的结合。他在《批评断片集》中还写道："反讽产生于生活的艺术感与科学精神的结合，出自完善的自然哲学与完善的艺术哲学的融聚。"基于对人的主体悖论的认识，他认为"自我限制无论对艺术家还是普通人都是首要任务，是最必要的、最高的任务"，同时，"实施自我限制不可操之过急，首先要给自我创造、虚构和热情提供活动场所，直至自我限制完成"。也就是说，在精神生活中，人借助于反讽而超越自己，人既需要热情、虚构的自我创造，又需要对此予以限制、修正，反讽使之达到协调、平衡。

对反讽的理解，就是对主体性的理解。施勒格尔由此倡导的是诗化的人生，"哲学家必须像抒情诗人一样谈论自我"，"告诉一个哲人，要他献身于优美。这句话的含义就是：给你自己创造反讽，把你造就为有文化教养的人"。他认为，有文化教养，才意味着有人性和道德。（以上引文均据李伯杰译《雅典娜神殿断片集》）

614

施勒格尔对事物的理解，是整体性的理解，而不是视事物为孤立的、单一的。"一切本来只是一个事物"，"上帝不只是一个观念，而且也是一个事物"。上帝是个体，自然和世界也是个体。

615

审美是自我教育。这个过程是不停止的、无止境的。

616

谁定义了诗，谁就对诗一无所知。正如我们无法描绘神性，我们无法定义诗。诗有无限可能，我们无法窥视到诗的中心而只可能被诗的光芒所照拂。

617

诗的反讽，不仅是严肃而伟大的自我辩诘，而且催使诗人走出迷茫的内心矛盾。诗人啊，何不面向大自然，理解那无穷的包容、美妙的和谐、隐秘的混沌！

而由衷的赞美，就是诗人的本性。

618

诗是分行的艺术，分行使语言留下的空白更为凸显。语言对应事物的存在，空白也包含事物的存在（甚至是事物更为本质的存在）。

619

诗人一直在自我辨认的途中，体验、思索、寻找那个绝对的自我（或曰本质的自我），又一直在质疑、否定、改变对自我的塑造。诗人对事物的辨认、指意、确证，也是对自我的辨认、指意、确证。这个过程始于一，即作为一元主体的绝对自我（或许是"天命"，或许是更高的"道"），而"一生二，二生三，三生万物"，展现于无比丰富、无穷无尽的事物之中，展现于事物无比丰富、无穷无尽的变化之中。

从万物和自然中"脱离"出来的诗人，由此反思与万物、自然的关系，踏上了反身、返回于万物自然之途。诗人的言说，因此成为归向主体的言说，而不是作为他者的言说，更不是主体消失的言说。主者，"镫中火主也"（《说文解字》），是光明的照亮，是文明的萌生，是形成中心的言说。

620

诗人多有一颗童心。童心之说，明代李贽从阳明心说发展而来。李贽认为，"绝假纯真，最初一念之本心"即为"童心"。童心，人皆有之。世人却普遍沦为"假人"，"假人言假言，而事假事，文假文"，失落了真心。为何？"六经，《语》《孟》，乃道学之口实、假人之渊薮也。"儒家的义理道学，损害了童心，使人失去了天性。童心何处寻？"岂知吾之色身洎外而山河，遍而大地，并所见之太虚空等，皆是吾妙明真心中一点物相耳。"山河大地是妙明真心的物相，妙明真心是化育万物的源头。也就是说，合乎天地自然，而不是被束缚于社会功利，才能回到童心。

621

《诗经》分作风、雅、颂，风、雅、颂皆与音乐相关。风为各国之音乐，十五国风就是十五种地方乐调。雅为正声雅乐，是周王朝直辖地的音乐。《风》所录大多为民间歌谣，风是质朴的、通常的声音。《雅》分大雅、小雅，余冠英说雅大多是贵族的作品，而不是劳动人民的声音。《毛诗序》："雅者，正也。言王政之所由废兴也。"雅是严肃的、说教的声音。《颂》分周颂、商颂、鲁颂，是祭祀之乐歌。王国维说"颂之声较风雅为缓"，《说文解字》说"颂"与"容"乃古今字之异。容者，盛也，亦有和缓之义。《周礼》注云：颂之言诵也、容也。诵，就是缓声而歌。宗庙祭祀是重大仪式，广祖妣之德，谢神佑之恩，祁续古之福，颂的声音自然是欲扬而抑的，是表演性的。

为什么就诗性而言，人们普遍认为三颂不如二雅，二雅不如十五国风？诗承担的社会功能（目的）越明显，非诗的东西就越多。颂的目的性大于雅，雅的目的性大于风，显然，风更为淳朴自然，更具有诗性。而从音乐性来说，风的声音是歌唱性的，更容易流传，颂的声音、雅的声音则远离了人的情感，更多地需要借助礼的形式，受到了更多的约束。

622

美国当代小说家约翰·巴恩评价雷蒙德·卡佛的小说，一语中的：long-winded minimalism（啰唆的极简主义）。卡佛的诗也是如此，絮絮叨叨，喃喃自语，叙述生活中的琐事和细节起来不厌其烦，很少抒情或议论，用词冷峻客观，显示出一种特殊的精微准确，让人感到他的表达欲言又止。这种"留白"之法几乎是卡佛个人的独创。

诗人、诗评家王家新也有类似的评价："如果我也打个比喻，可以说卡佛的很多诗就是他生活的一笔笔'流水账'。"但是，这样看似啰唆的"流水账"却将读者引向一种充满不确定性的真切，"他把我们带向对具体经验的触及，带向对'活着'本身的关注和发现。他写的不是什么高超玄妙的'元诗'，而是'我们所有人'似乎都曾经历过但却未能写出来的诗。他的诗能和现实经验发生'摩擦'，并触及——常常是出其不意地——我们人性中最柔弱、最致命的那一部分"。

卡佛诗歌的汉译者舒丹丹认为，"卡佛的文学审美和意趣，很有点契合东方趣味"，"尤其是那些秉承他'极简主义'风格，用词俭省、自然呈现的短诗，实则是一种'浅的美学和诗学观念'的体现，看似清浅平淡，却有境界有力量"，"那些犹如其短篇小说缩影般的长诗，卡佛则以精准的场景、夸张的形式、生动的细节和奔放的想象力去夯实它们，这时的卡佛则像一个耐心的'工笔'高手，琐细的叙述和细节之美就像繁盛而修剪有度的枝叶，细细赏来，意韵隽永"。

啰唆的极简主义，就是虚实结合极为高超的境界。何以致之？卡佛说出了秘诀："别耍花招。"现实本身超越了我们的想象力，人性的深度也一直超越了我们的经验，而技艺上的"花招"连"小聪明"都算不上。压缩甚至放弃语言上、情绪上的谵妄，无需冗言，"话外之音"更能动人心弦。一个诗人对待现实的态度和方式，也是其对待语言的态度和方式。

623

也有诗人对现实的叙述不是像卡佛这样"忠实"，而是充满了"魔幻"色彩，比如美国女诗人伊丽莎白·毕肖普就长于将现实景象与奇幻想象融于一体。她常常将不同的时间、空间错置于一个共同的文本中，将神话原型与宗教典故纳入自己的记忆、梦境、幻觉之中，不同的自我以不同的视角甚至不同的人称，在亦真亦幻中对话、互辩。透过这些光怪陆离的场景，我们可以看到诗人在极力地探寻真实、表现真实，在极力地破解惶惑、建构意义。毕肖普的汉译者包慧怡说毕肖普的"诗歌生涯逶迤于在场与隐形的两极"，作为"地图编绘者"将外在世界内化于自己的心灵，"思考空间与知识、历史以及我们所感受到的一切的关系"，"以她终身实践的'忘我而无用的专注'，窥见了我们唯一能企望的真实"。当然，这是如此孤绝，又是如此自洽；是如此退隐，又是如此奔放；是令人惊愕的别样错视，又是打开秘密的多维观照；是颠覆性的，又是开创性的。

也有诗人将荒诞、荒谬视为现实的本质真实，或者说是人在现代社会中的存在危机。这种荒诞、荒谬，不能以理性还是非理性来区分，不能以审美还是审丑来区分，既消解了悲剧形式却又没有喜剧效果，它是对世界与自我的双重讽刺、揶揄，是对世界的无意义与人的精神空洞的残酷揭示。

德国诗人戈特弗里德·贝恩的早期诗歌，可以称为荒诞哲学的典范，其中所表达的对世界的憎恶和对时代的绝望，无比深刻地解剖了人格的分裂和存在的悖谬。贝恩受到了存在主义鼻祖克尔凯郭尔学说的影响，他把现代诗的源头追溯到马拉美、波德莱尔、兰波和阿波利奈尔，早期诗集《陈尸所和其他诗歌》描绘了令人作呕的死亡景象以及人性之恶、现实之丑、时代之病，可以看出波德莱尔、兰波的影子。

愤世嫉俗的贝恩一度追随纳粹和支持法西斯政权，以为第三帝国将带来社会革新，但是，在发现纳粹统治的倒行逆施之后，他自称开始了"内心移民"的生活，作品随之被纳粹查禁。纳粹倒台后，他承受了同行的非议，结束了痛苦的缄默，恢复了写作，1950 年代后诗歌写作达到新的高峰。

在《抒情诗问题》里，贝恩明确反对抒情诗以"借喻、比喻、颜色标志和飘渺之音"为四大症候的乏味、平庸，认为是"迎合读者的感伤、纤弱"。他指出，"伟大的诗人却也是伟大的现实主义者，距离现实非常近——他内心装满了现实，非常之世俗，是一只从泥土中生长起来的蝉，一只典雅的小虫，犹如传说中那样。他必须把那些神秘飘渺的东西极其谨慎地置于坚实的现实基础上"。对现实的高度浓缩，才能成就伟大的诗歌，而对于一个诗人而言，一生中写出这样的诗歌，

"能够立身于自身之内，由里向外发出光芒，长时期充满魅力的，却寥寥无几"。

经历过"二战"也经历过自身思想的谬误之后，贝恩将内省的道路指向诗在形式上的完美："形式是诗的最高的内容。"他提出了"绝对诗"的主张（可理解为"纯诗"传统的延续）。他说，"绝对诗"是"没有信仰的诗，没有希望的诗，不为谁而写的诗，具有魅力的词语组合之诗"，"谁从这种说法和论断中只窥见虚无主义和性感，谁就忽视了在言词和魅力的后面还有足够的幽暗和存在的深渊，这种幽暗能够满足沉思者的冥想，而在迷人的形式中则蕴藏着足够的激情、自然和悲剧经验的宝藏"。他进而阐释："诗不改善人生，但它做了一件意义更加重大的事：诗改变人。如果诗是纯粹的艺术，那么它就不具有历史的推动力，就不具有治疗和教育的效力，它的作用表现在另一方面：它扬弃时间和历史，它的影响深入到基因、遗传型和本质——这是一条漫长的内在之路。"（《诗应当改善人生吗？》）

贝恩成为置身于时间与历史之外的诗人，而从言词和形式中寻找诗意和激情——或许他对现实不再抱有希望，或许他将信仰视为乌托邦的诱惑，或许他将功利目的视为歧途的归向。

625

诗和现实到底是什么样的关系呢？取决于我们如何理解现实。

对于卡佛而言，现实就是他的个人经验，是具体的日常生活，而不是什么宏大现实。诗对现实的反映无需语言技巧，无需修饰，而是相反——只需简省的陈述，见微知著。

对于毕肖普而言，除了可见的现实之外，还有未见的现实，需要把这些统统熔铸于诗中，创造出更为真实的现实，而不是将目光停留于眼前的幻影。

贝恩所言的"绝对诗"则将语言与外在的现实形成了对峙，或者说，将诗歌作为了语言的现实。

也可以像台湾诗人周梦蝶那样，无视世俗的现实，在走向彼岸的路上寻觅生命，因为凭借现实经验无法理解彼岸世界。"永恒——/刹那间凝驻于'现在'的一点；/地球小如鸽卵，我轻轻地将它拾起/纳入胸怀。"此在即永恒。这种超越时空的自得自足、无拘无束，何关眼前现实？

歌德在他的晚年对青年诗人艾克曼说："现实生活必须既提供诗的机缘，又提供诗的材料。一个具体特殊的情境通过诗人的处理，就变成带有普遍性和诗意的东西。我的全部诗都是应景即兴的诗，来自现实的生活，从现实生活中获得坚实的基础。"他反对无病呻吟的诗，强调主客观的高度统一。聂鲁达也这样说："一个诗人若不是一个现实主义者，就是一个死的诗人。一个诗人若仅仅是一个现实主义者，也是一个死的诗人。"

的确，诗歌与现实之间具有无穷的关系。

626

汉语新诗的诞生、演变、发展，至今始终没有离开与现代性的建构之间的互动。换而言之，汉语新诗与社会现实和思想文化思潮的演变、发展是紧密关联的。汉语新诗的语境，就是复杂而曲折的追寻现代性的进程。

关于诗与现实的关系，汉语新诗的实践是特别的。官方话语称"笔墨当随时代"，其实笔墨无法疏离时代、摆脱时代。笔墨如何关联时代又不是成为时代的"号角""鼓点"之类的工具？这个问题涉及汉语新诗的主体性问题。如何理解这一主体性？借用当下流行的"互联网思维"，一切连接都没有边界，汉语新诗与时代（或曰现代性的"时代进程"）的连接也是没有边界的，打破了中心—边缘的沟通模式，取而代之的是网络化的、平等化的沟通模式。诗歌不需要服务现实、凸显现实（将现实作为主体），也不可能改造现实、反叛现实，或者通过编码解码而塑造一个理想现实（将现实作为对象）。现实不是外在的，现实是深入诗歌的，与诗歌构成了看不见的互动。

627

诗是对现实文本的戏仿吗？

按照巴赫金的理论，作为文体的小说就是一种戏仿，是两种声音的斗争性融合，作者可以通过另一个人的话语来表达自己的目的。

作为文体的诗，也可以是一种戏仿，戏仿不仅是诗人的一种话语策略，也是诗与现实文本的互文性关系。现实文本包含了一切话语，既是严肃的，又是可笑的。诗人有自己的声音，真诚而优雅；戏仿是另一种真诚，另一种优雅，它夸张地模仿了现实文本中的话语。戏仿是对正经话语的解构，更是对自我伪装的反思。

米兰·昆德拉在《生命中不能承受之轻》中引用了一句犹太古谚语："人类一思考，上帝就发笑。"他又在领取耶路撒冷文学奖的受奖辞中说："小说的艺术是上帝笑声的回响。在这个艺术领域里没有人掌握绝对真理，人人都有被了解的权利。"

笑和幽默是我们对小说艺术的智慧，也应该是我们对诗歌的智慧，以及对现实文本的智慧。笑和幽默，而不是媚俗（昆德拉认为，媚俗就是用美丽的语言和感情打扮成见），是对"独立思想、个人创见和神圣的隐私生活"的包容、挽救、珍视。

628

戏仿不是一种补偿机制。我们的灵魂需要修复，修复灵魂是多么神圣、多么严肃啊！但是，灵魂又是不可修复的，这又是令人多么绝望、多么孤独啊！

629

自杀是选择死于现实的行为。自杀并不能逃离现实，而是沦陷于现实，失去了精神上的奥秘。

630

诗歌，就是对世界的一种挽回。回到梦境的真实之中，回到精神的奥秘之中，回到万事万物的本原之中。

631

诗建立万事万物之间的联系。可以是"比"，万事万物莫不相同，故可彼此互喻、取譬；可以是"兴"，万事万物莫不相关，故可彼此暗示、沟通。

比，可以是"反比"，"A 是 A，又是非 A"，如特朗斯特罗姆的诗句："更远的北方，你从顶峰上可以看见松林那无际的蓝色地毯/云朵的影子在其中/正在变得静止。/不，正在飞翔。""反比"并不是"反论"（paradox），它是并列的两种描摹，而不是冲突的互斥。在史蒂文斯的《弹蓝色吉他的人》之中，处处体现了这种"反比"的观念，它揭示了世界巨大的包容性和完整性。

兴，可以在前也可以在后。王家新的诗《牡蛎》的结构，就是兴在后："'其实，掰不开的牡蛎/才好吃'，在回来的车上/有人说道。没有人笑，/也不会有人去想这其中的含义。/夜晚的涛声听起来更重了，/我们的车绕行在/黑暗的松林间。"一般而言，"兴"是立象在前，表意在后，而王家新的这首诗是表意在前，立象在后。南北朝钟嵘《诗品序》中对"兴"的定义是准确的："文已尽而意有余，兴也。"

632

"比""兴"，都是间接地表意，是把主观隐藏于客观之中，是不得不言说。

633

"赋"，是语言的仪式。循环往复，是灵魂上升的空间轨迹；咏叹复沓，是人对神明的一再谦卑；同中有异，是为了更加确切地理解自我和更加艰难地表达自我。诗的语言，永远离不开仪式性。

634

每一首诗，都是诗人在书写自我启示录。

635

那些重复可见的事物，往往成为不被看见的事物，由此超越人的见识。

那些隐身不露的事物，从来没有被人发现的期待，由此超越人的约束。

诗如何理解事物？既超越见识，又超越约束。

636

一首诗的语言过于连贯、过于清醒，也可能趋于封闭、趋于狭隘。诗不是判断，不是回答，不是陈述。

一首开放的诗，语言很可能是不确定的、迟疑的。"好像""又好像""不是""也许""但是""然而"……诗歌取消了唯一的对象，诗的命名并不指向某一个事物——或者说，诗只指向自身。诗所建构的是一种神秘的关系，不为逻辑、语法等所限制。一首诗，是一个开放的过程，它始终在开放，在每一个读者面前它都会呈现出它的无限性。"诗无达诂"，意味着诗所提出的问题不需要回答，唯有诗自身，才能够以问作答。

637

不存在好诗和坏诗之间的标准，只存在诗与非诗之间的标准。

638

所谓油滑之笔，就是"正确"的写作方式，符合"标准"的语言形式。有些粗糙、有些愚笨的语句，也许更符合一个诗人的内心。

639

诗不是知识（知道了什么），诗是求索（不知道什么）。

640

说出你知道了什么，或者是因为无知，或者是为了撒谎，或者是还不够怀疑自己。

641

写下一首诗，反复去读它。如果还读得出新意，它就有生命力。

642

维特根斯坦说，"当语言在欢乐时，它就诞生了"。诗是隐秘的快乐，来自语言，来自生命，来自创造。

643

诗的分行形式，意味着诗永远处在转折、转换之中。有点类似迷宫，却又不像迷宫那样封闭，只有一个出口。在不断转折、转换之中，诗不断创造出新的可能性，也不断打破语言的惯性、思维的模式、自我的局限。

644

《石语》是钱锺书先生与他的老师陈衍（号石遗）一次谈话的记述。石遗先生是诗人，也作诗论，有《石遗室诗话》《宋诗精华录》。他说："论诗必须是诗人，知此中甘苦者，方能不中不远，否则附庸风雅，开口便错，钟嵘是其例也。"诗的审美体悟难以言传，内在而隐秘，故说不作诗便不好论诗。话说回来，诗又非只给作诗的人读，不作诗的人也能悟得诗的妙处，因为诗是生命语言而非知识语言，诗不封闭一道语言之门而分出门内、门外。诗是敞开的。

645

有慢诗也有快诗。杜甫的《闻官军收河南河北》、李白的《早发白帝城》，一日千里，真情流露，何其快也。李清照的《声声慢》真是凝重愁苦，一个字一个字吐出，欲说还休，欲罢不能。宋词中分小令、慢词，小令曲短声快，慢词调长拍缓。从抒情效果来说，小令写得不好，容易缺乏蕴藉，留不住情；而慢词写得不好，容易衍情过分，以致滥情。新诗也是如此，太慢的诗容易造作，少了真趣；而太快的诗容易直白，少了情致。

646

对于一个诗人来说，依赖自己的写作经验将使作品流于平庸。而别人的写作经验呢？可以参照，不可以借用。任何写作经验都不应成为必然。

647

一首诗的形成，是一个词之后出现另一个词，是一行之后出现另一行……诗是自身的显现，而不是诗人把构思搬到纸上来，它一定会超出诗人的构思，一定有着语言自身的速度，一定不会被诗人的经验事实所限制。

648

诗从来不知道逃避什么。

没有什么不可以入诗。

但是，诗有着语言的禁忌，这正是诗的优雅、含蓄、神秘之处。

649

诗歌的语言是行进的语言，在行进中停顿、转折，而不是直通终点，只是行进在通向诗歌的一条道路上，这样的道路有无数条而不是唯一的一条。

650

诗歌的可能性，如同命运的可能性。语言是诗歌的命运，诗歌不脱离语言，但是诗歌要传达的是超越语言的东西。诗歌没有困境，但是诗歌要超越语言的困境，诗歌给予我们的愉悦就是超越语言困境的愉悦。

651

语言也是一个未知的系统。语言的隐秘在语言内部。语言的言说，让人感到惊奇，任何语言的组合都可能打开巨大的空间，突破所指，突破经验，让人置身于陌生和未知之中，追问人的存在，力求理解世界。

652

在语言里诗人感受到的孤独，乃是诗对诗人的启示。

653

毕肖普的诗歌给予我的启示：不能完全沦陷于现实中，也不能完全依托于梦幻中。现实和梦幻共同构成存在，可见和不可见共同构成本质。诗歌超越了现实的混乱，也超越了梦幻的虚无。

654

蒙塔莱在诺贝尔文学奖受奖词中说："为所谓的少数幸运儿写诗的念头我从未有过。事实上，艺术始终为所有人，又不为任何人。"他所批评的是媚俗的、取悦的写作——"按照时髦和趣味的法则制造的东西"——大众传媒为诗歌"生产"提供了市场。如果诗歌、艺术"服务"于少数幸运儿，合乎"当下标准"、"圈子"认同、诗歌发展的"方向"、"秩序"，就失去了诗歌的精神、艺术的精神。

655

诗歌的功能何在？我将其定义为"以问作答"，没有答案，或者答案不言而喻。今日偶然读到阿莱克桑德雷的话，"诗歌是诗人提出的一系列问题"，我更加相信，诗人是悲观的思想者。

656

布拉格学派的穆卡洛夫斯基说，与普通语言相比，诗性语言有自己的功能，即最大限度地"突出"言词，使语言行为占据"前景"位置而使交流的目的退到"背景"位置。"突出"

诗性语言，就是打破语言惯性，打破普通语言的规范，当然这离不开"背景"的映衬。诗歌的分行形式，让文本在"空白"的背景上突出出来，因此说分行形式本身就可以理解为诗歌语言的功能和结构，分行形式本身就是诗歌的内容。将一首诗进行不同的分行，必然产生不同的诗。甚至可以说，如何分行，在一首诗的结构处理中是最为重要的。

657

"突出言词"，效果是语出惊人。李清照《渔家傲》中"学诗漫有惊人句"一句，系从杜甫"为人性僻耽佳句，语不惊人死不休"中化来。爱尔兰诗人谢默斯·希尼为奥登《序跋集》所写的书评中说，"作为散文家和批评家的奥登仍然保留着那种格言警句集锦式的写作方式"，但是对于写诗来说，还是放松一些、通达一些为好。诗中出现"惊人句"，绝不是来自诗人的自我惊愕。对于创造力不竭的诗人而言，没有什么语句能让自己吃惊。任何一个语句在一首诗的系统中始终是与其余语句一体互动的，而不是突兀的、隔绝的。诗人强调"惊人句"，无非是强调语言的"炼金术"，让语言的质地更纯粹。反之，刻意、夸张的语言是非诗的。

658

朱光潜说："凡是艺术家都须有一半是诗人，一半是匠人。他要有诗人的妙悟，要有匠人的手腕，只有匠人的手腕而没有诗人的妙悟，固不能有创作；只有诗人的妙悟而没有匠人的手腕，即创作亦难尽善尽美。"他说的是创造与模仿的关系，或者创新与继承的关系。诗的语言，是经过雕琢与打磨的，而雕琢与打磨的最高境界是"不事雕琢""巧夺天工"，这是匠人手腕。匠人手腕对诗歌文本、诗歌形式的贡献是必要的。匠人手腕自继承中来，"学诗"之说即谓诗有技艺。但是诗的技艺须把言词与诗人的个性、情思乃至天才一起投入炉中，方可炼出真金。有了诗人的生命投入，诗歌才有了精神。

659

即使是成名的诗人，也不希望读者只关注其成名作、代表作，而希望其近作也得到关注。一个人在不同时期写的诗，体现出人生不同的变化以及其诗观的不同变化。其不同时期的诗作面貌不同恰恰是真实的，也反映出多样性的价值。

对于诗歌阅读也是如此。在人生的不同时期，读同一个诗人、读同一首诗也是感受不同的。对于好诗人、好诗，反复阅读的必要性正在于此。新的阅读发现，也是展开一个新的自我。

660

分行打破了线性书写。另起一行不是为了重画一条线，不是为了插入一条线，也不是为了转折一条线，更不是为了接续一条线。诗歌是一个晶体，它是自然凝结的、不受外界干扰的，外形和内部结构都在特定的重复、对称中形成音乐一般的规则，从每一个侧面发出光芒。

661

一首好诗是有实质内容的。也就是说，它会让读者填充进很多实质内容。

662

在自我与他者之间，诗人是一个解释者。对自我解释他者，对他者解释自我。

在内在世界与外在世界之间，诗人也是一个解释者。把内心世界解释为外在世界，把外在世界解释为内心世界。

663

写爱情，写两性情感，是最难的。难写人性之真。不真切的人，写出来就是卑劣的、恶俗的、浮荡的，最可恶的是有伪道学的气味，有铜臭味，有腐尸味。《诗经》里，《古诗十九首》里，那些写爱情、写两性情感的诗篇，既有人性之真，又有人伦之美，所以传诵至今。

664

诗歌里的时间是抽离出来的，是当下。即使在回忆过去，也是过去如在眼前；即使在畅想未来，也是未来如在眼前；过去、未来、现在，汇聚于眼前。电光石火，照亮一切，眼前才是真实的。

665

或者说，诗人将那些被遗忘的事物复活了，诗人将那些被遮蔽的事物显现了，在眼前、当下，诗人让读者跨越时间、空间，看到一个均衡的世界里存在着更多的事物，因为我们的无知，这个世界总是失去均衡。

666

宋人陈与义《虞美人》句"病夫因病得来游，更值满川微雨洗新秋"我很喜欢，词人对待疾病，没有恐惧，反而旷达自在。这是对待生命的态度，也是对待艺术的态度。

龚定庵《病梅馆记》批评文人画士之癖致江浙之梅皆病。其实，龚定庵误解了文人画士的审美宗旨。繁茂苗壮之梅可爱，枝疏花残之梅也可爱，对于强者和弱者不该有分别心，甚至对于老弱病残更需多一些爱心。这是对待生命的态度，也是对待艺术的态度。当然，将生长正常之梅扭曲、剪裁为奇形怪状之病梅则是对生命的戕害和对艺术的误解。

日本的枯山水里，寄托着深刻的生命观和艺术观。面对枯寂与静止，一个人必须返回内心，而无需借助外部世界的色声香味来感知生命，只有达观的内心世界才是鲜活的。

667

在一个均衡的世界里，真实具有贴近人情的美。与超然神圣的美是不一样的，超然神圣的美在教堂的尖顶之上，孤兀、极端之上的辽阔、自由。

668

在人性里，有神性吗？这个问题如同：在黑暗里，有光明吗？

当我进入你的黑暗之深处，我们一同打开光明。

669

接受自我，从分辨自我开始。

接受命运，从分辨命运开始。

阅读和写作，都是一种分辨力。分辨自我与现实、与命运的关系，分辨词与物的关系，从恐惧和贪婪中走出来，挺身迎接真实的存在，像一个圣徒一样。

670

在地狱里也有圣徒。他们像魔鬼一样受罚，但他们是在自我修行，并且对魔鬼依然抱有希望，他们在无言地启发魔鬼洗去罪恶，不要陷入绝望而滋生新的罪恶。

671

圣徒和魔鬼一起承担共同的命运，但圣徒相信命运是可以改变的，也同时相信命运是未知的。

672

死亡是永恒的吗？生命是永恒的吗？生命和死亡无时不在相互转换，死亡不是静止的，生命也不是寂灭的。为什么不通过死亡来理解生命呢？为什么不通过生命来理解死亡呢？这样的理解，不是将生命与死亡对立起来，而是将生命与死亡沟通起来，转换起来。

673

J. D. 彼得斯的《交流的无奈》一书，以"交流"为核心重写了人类传播思想史。《交流的无奈》的英文原标题为 speaking into the air，语出《圣经·新约·哥林多前书》："弟兄们，我到你们那里去，若只说方言（tongue），不用启示，或知识，或预言，或教训，给你们解释，我与你们有什么益处呢？……舌头若不说容易明白的话，怎能知道所说的是什么呢？这就是望空说话（speaking into the air）了。"此处"方言"指的是向上帝说的话，上帝是全知全能的，人与上帝的交流是可以完美实现的。彼得斯认为，人与人的交流却无法实现像与上帝的完美交流，因为人与人的交流不可能心心相印、无拘无束，不可能逃离交往目的之束缚，因而是无奈的望空说话。他不无悲哀地指出："交流是现代人诸多渴望的记录簿。它召唤的是一个理想的乌托邦。"

彼得斯并未绝望地以交流为梦魇。他揭示了苏格拉底、耶稣、孔子这三位人类交流史上的先师"望空说话"、口耳面授的共同态度和方式。他们拒绝将自己的思想写成文字，"述而不作"（苏格拉底说"文字不知其接收者的心灵为何物"），是因为他们对真理的敬畏和对交流的理解。"他们在人类思想传播上所向披靡的胜利"，是因为他们的交流方式是具有智慧的。彼得斯认为，苏格拉底、耶稣、孔子的思想为其弟子、信徒以对话形式所记录下来，但是他们的交流却不局限于对话，而是广泛地、开放地撒播，"望空说话"并非徒劳无益，他们的思想依然得到了后世的创造性分享，虽然他们对后世的任意阐释弃而不顾。彼得斯对自己提出了任务："我将重新发现构成对话的玄机，重新发现非对话形式——包括单向撒播（dissemination）形式——的神赐之福。"交流需要突破传播的各种障碍——譬如"对话"并不一定是平等的，非对话形式也可能是自由的——"既然我们是凡人，交流永远是一个权势、伦理和艺术的问题。除了天使和海豚得到拯救的情况之外，我们无法摆脱交往目的的束缚。这没有什么惋惜之处：这是智慧的开端。己之所欲，请施于人——意思是说，你的表现，不是让自我原原本本地再现，而是让他人受到关爱。这样一种人与人的联系，胜过了天使能够提供的东西。快乐的地方，不在于超越彼此的接触，而在于接触的圆满。"

也就是说，在自我与非我、自我与他者之间，交流的无奈不是因语义而误解，因符号而冒险，而是没有打开心扉。我们不必追求完美的交流，而应追求彼此的关爱。《周易》所言之"同声相应，同气相求"，体现了交流的超越性和默契性，是身体在场的精神沟通，是相互体认的内在应答。

对于现代人来说，丝毫不必因为传播技术的进步而陷入交流的迷思之中。传播技术反而可能扩大交流的鸿沟。技术决定论的提出者麦克卢汉，也认为真正的交流是不可能完成的，大众媒介增强了传播的控制与霸权。突破传播技术、传播体制、传播功利、传播权力、传播技巧等各种障碍，我们才有可能突破"更与何人说"的困扰，突破"前不见古人，后不见来者"的孤独。然而，交流作为一个伦理问题、政治问题、社会交往问题，永远考验着人类的智慧，也无意摆脱人类的欲望，让人类在枷锁中向往自由，在矛盾中追求理解，在禁锢中争取创造。

诗歌以感通为旨归，而感通的道路就是共同的爱、超越自我的爱、无目的的爱。诗人"望空说话"，是让爱、智慧显现出来，以单向撒播（或为独白）的形式亦无不可。诗歌的语言突破了文字的限制，它与读者的感通依赖于诗人的始终在场——今天我们阅读苏格拉底、耶稣、孔子，阅读杜甫、莎士比亚、米沃什，我们会强烈地感到他们是在场的——这种活泼的力量，来自生命的意蕴和人类的价值。即使每一个人都有可能在误解别人，但是人与人之间并未隔绝，因此交流也从不停止。

674

彼得斯所说的"书信、祈祷和对死者的献祭",是有距离感、延宕感的交流方式,不妨理解为诗的言说。诗歌里充满了停顿、跳跃,充满了暗示、隐语,时而欲言又止,时而化实为虚,时而言此意彼,时而舍此言他。设置距离感、延宕感,恰恰与读者的距离更近了,若即若离,欲离欲近,离而"不隔",不隔不透。

675

有无数的图画、雕塑描绘耶稣被钉在十字架上的样子。耶稣的表情,有的描绘为痛苦的,有的则描绘为安详的,有的描绘为谦卑的,有的则描绘为骄傲的。耶稣的身体,有的描绘为瘦弱的,有的则描绘为强劲的,有的描绘为鲜血淋漓的,有的则描绘为光辉圣洁的。不管是什么样子的,耶稣都是一副救恩的样子。人们的想象,不管有多大的差异,并不改变耶稣的形象。十字架上的耶稣成为人与神沟通的道路。我们也可以这样理解诗歌:不管人们对诗歌的定义有多大的差异,诗歌始终是人与人沟通的道路,还可能是人与神沟通的道路。

676

诗的情感是一种稳定的情感、冷静的情感。它不是起伏不定、失去智性的情感。而后者具有迷惑性,弱者常常屈服于自身,所以屈服于这种未经考验、未经锤炼的情感。

677

诗的炼金术，是熔化了一切经验材料之后的提纯，是淬火之后的形塑，是凝聚了一切光芒之后的静默。

678

关于诗歌表达的准确性问题，一看语言，二看意象。语言是抽象的、封闭的、孤立的，而意象是形象的、开放的、多义的。我们可以说一个意象准确到传神，但是，很难说一个词不可替换。"吟安一个字，捻断数茎须"，只能说明难以言传之苦，因为诗歌永远是未完成的作品，诗歌是在一种语言系统中创造出另一种语言系统，"吟安"只是相对的，诗歌的语言永远是不安分的。意象则可以不断完成语言的转换、创造。

679

博尔赫斯在《无尽的玫瑰》的前言中写道："诗人的使命，应该是，至少以一种不完全的方式，把词的原初的已是隐藏的力量还给词。"让语言回到原初的隐喻中，这是真诗人穷尽一生的努力。语言已经被社会化交往改变了，语言承载了诸多的功利，而诗歌需要语言赤裸如婴，纯真如婴，具有无限的生长性。

680

阅读定位于对文本的完成，将不确定的文本转变为确定的文本。当然，每一次阅读都只是一次完成，对同一个文本的重新阅读将带来又一次完成。在清理一部分语言的过程中，阅读，总是在填充一部分语言。

681

诗歌从来不是冒险。想象力贫乏才会导致冒险，导致语言难以突破现实的逻辑而缺乏智慧的对抗，充满暴力和荒诞。诗歌始终化险为夷，用具象的万物联系化解抽象的现实逻辑。

682

诗歌是自由的。诗人超越自己和众人的平庸，以获得天才的手笔。

历史是必然的。历史不是任何一个个体可以完成的文本。或者说，历史是上帝写就的，超越任何人的想象。

虽然诗歌是个体完成的文本，但是，上帝允许诗人天马行空，在写作的那一刻，超越任何人的想象。

自由的诗歌成为一种必然。此乃诗之真。

683

在日常生活中寻求诗意。日常生活看上去平庸、单调、凡俗、琐碎、沉闷，一般被认为是非本质的，也是非诗性的；是形而下的，也是程式化的。我们永远超越不了日常生活，但我们能够与日常生活互动，而不是简单地对抗它或逃避它；日常生活的叙事逻辑虽然极为强大，但我们不能局限于转述日常生活的叙事文本，而是要尝试于揭示它的隐秘，破解它的编码系统，书写新的意义。与日常生活共舞，而不是被日常生活绑缚，灵魂所打开的这个空间即是诗歌的节奏和旋律所萦绕的空间。这个过程有着无限可能性，或者说，充满了生命奇迹。

684

换而言之，生命的奇迹就在我们的日常实践之中。诗歌发现了生命的自主性，并且发现了其中的形式。诗歌把握了必然的力量，诗歌的表达绝不是故弄玄虚、含混不清、不知所云的。

685

有的诗需要反复读。每一次可以读出新意。这是因为阅读者所处的语境在发生变化，所以，诗歌文本再一次体现出了新的可能性。接近诗之本质的文本永远是鲜活的，假如阅读者有一颗一直不停地追寻生命意义的心灵。

686

境由心造。诗境，与其说是文本所造之境，不如说是由诗人的心所造；诗境，与其说是文本所造之境，不如说是由阅读者的心所造；或者说，诗境乃多重创造的空间，乃心心相通的多重空间。

687

有些诗人作品很少，不是因为他们写得少，而是因为他们自我毁弃的作品太多。

写作是一个持续的过程。长时间中断写作，就意味着需要重新开始学习写作。

688

我敬重杜甫对于诗歌写作的责任。他是一个现实主义者，关注日常也关注时政，但是他始终没有失去审美的热情。他是一个形而上的思考者，关注世俗的个体存在也关注宇宙的终极意义，但是他始终没有陷入虚无。始终在他者中观照自我和在自我中发现他者，始终面对现实的丰富性，始终探索命运的可能性，一个伟大的诗人因此而成就。今天，当一些写作者攻击另一些写作者书写时事题材时，或者一些写作者攻击另一些写作者迷失于玄思和抽象时，他们都是缺乏真正的生命之激动的——偏狭和贫乏其实是一种生命的冷漠。

689

傅山"宁拙毋巧，宁丑毋媚，宁支离毋轻滑，宁真率毋安排"之书论，今天仍可为诗人之鉴。"四宁四毋"反对的是作品中流露出来的奴颜、媚态，追求的是心性自由、生命真实。其思想源头可与庄子接通："朴素而天下莫能与之争美。"同时，又具有矫正唯美主义的现代精神，重新定义了艺术之美，即以个性为美，以自由为美，以真实为美。不过，席勒所说的"素朴的诗和感伤的诗"中"素朴"的含义，更接近庄子所说的自然之道的"朴素"："诗人或则就是自然，或则寻求自然。在前一种情况下，他是一个素朴的诗人；在后一种情况下，他是一个感伤的诗人。""只要当人还处在纯粹的自然（我是说纯粹的自然，而不是说生造的自然）的状态时，他整个的人活动着，有如一个素朴的感谢统一体，有如一个和谐的整体。感性和理性，感受能力和自发的主动能力，都还没有从各自的功能上被分割开来，更不用说，它们之间还没有相互的矛盾。""素朴的诗人满足于素朴的自然和感觉，满足于模仿现实世界。"傅山所说的拙、丑、支离、率真，是对创造性的高扬——即便是有缺陷的创造物，仍是生机勃发、主体鲜明的，更接近于朴素的自然。

690

诗的情感是一种坚定的情感，而不是虚浮的情感。坚定的情感即为真性情，非排沙拣金、转识成智不可。一些自我膨胀的写作者，其实处于自我迷失中，受到蛊惑之后情绪泛滥、血脉贲张，没有经过内观与鉴别——苏格拉底说过，未经审视的人生是不值得过的——诗的情感，是向着终极意义的情感，是真切无疑的情感。

691

建立对诗的信仰，先要破除对诗的迷信。

《朱子语类》卷七记载："今之禅家多是'麻三斤''干屎橛'之说，谓不落窠臼，不堕理路。""干屎橛"本为至秽之物，以此说禅，既是破除参禅者的执着，也是破除其迷信。

学诗亦然。诗，无定形，无定法。学诗是自我证悟的过程，脱离了"创作"状态，才能进入"诗来写我"而非"我来写诗"的境界。

692

怎么理解诗与人的关系呢？诗启示了我们：在现实中，成为一个真正的人是不可能的，写出一首真正的诗却是可能的——诗总是把不可能变为可能。

693

诗人在一首诗里投射的自我，不是那个个人生活里的自我（虽然诗人以为只是在写个人生活），而是一个意料之外的人，一个美好的人——诗人不是在自我伪饰，而是成了诗神的使者——譬如诗人袒露灵魂的时候，越是彻底地交出人性的缺失，越是获得神性的照耀——诗人处在醒悟的那一瞬。

694

日本明治时代的诗人石川啄木说："真的诗人在改善自己，实行自己的哲学方面，需要有政治家那样的勇气，在统一自己的生活方面，需要有实业家那样的热心，而且经常要以科学家的敏锐的判断和野蛮人般的率直的态度，将自己心里所起的时时刻刻的变化，既不粉饰也不歪曲，极其坦白正直地记录下来，加以报道。"他反对为写诗而写诗，主张让诗与诗人相融合。他认为，诗人本与普通人一样，并不高出普通人一等，这样写出来的诗和现实毫无间隔，是家常小菜一样"可以吃的诗"。这样的诗人，不会粉饰或歪曲自我，而是"改善自己和自己的生活"，并以此为诗的内容，以日常语言为诗的语言。

695

鲍勃·迪伦获得诺贝尔文学奖令那些试图不断提高文学标准的人受到了打击。恰恰是这些人在窄化文学的范畴。鲍勃·迪伦的歌词为什么不可以是诗呢？难道仅仅因为形式不像那些先锋派一般不同寻常吗？他用日常语言和音乐扩大了诗的声音，这恰恰体现出了难度——并非只有那些甚至到了"装"的地步的语言把戏才称得上"专业"。

696

诗歌写作的难度如何体现呢？俄国形式主义者什克洛夫斯基认为："艺术之所以存在，就是为使人恢复对生活的感觉，就是使人感受事物，使石头显出石头的质感。艺术的目的是要人感觉到事物，而不是仅仅知道事物。艺术的技巧就是使对象陌生，使形式变得困难，增加感觉的难度和时间长度，因为感觉过程本身就是审美目的，必须设法延长。艺术是体验对象的艺术构成的一种方式；而对象本身并不重要。"也就是说，写作的难度对应于阅读的难度，艺术的技巧是为了"使形式变得困难"，陌生化即是手段——让读者的审美感受得以延长从而增强审美快感的手段。他说："我们就可以把诗歌确定为受阻碍的、扭曲的语言。"诗的语言来自日常语言又升华了日常语言，经过阻碍、扭曲或曰陌生化的处理，日常语言才能成为诗歌语言。这样的语言有可能将人引向事物本身，而不是遮蔽了事物。

由此，我想到禅宗的语言。我一直认为禅宗的语言是一种诗化语言。禅宗的语言令人费解吗？禅宗的语言所用的材料就是日常语言，但是非经"顿悟"是不知所云的。禅宗甚至主张"不立文字""直指人心"。禅宗语言的难度，不是"使形式变得困难"，不是"增加感觉的难度和时间长度"，恰恰相反，是"妙不可言""见山是山，见水是水"。其难在废除主观偏见，超越世俗经验，而已经社会化的语言乃世俗经验的载体。

697

费尔南多·佩索阿使用"异名"写作，和我所提出的

"匿名的写作"，指向一个共同的问题：诗的作者是谁？

因为诗是所有问题中最不可隐匿作者的，诗是自我的表达，诗与诗的作者是不可分割的。这与小说、戏剧等完全不同，小说、戏剧的作者可以是一个置身文本之外的叙述者，而诗的作者决定了文本的声音。佩索阿使用"异名"写作，并不只是一种游戏行为，我相信他有很多个不同的自我——不仅有不同的名字，而且有不同的职业、经历和社会角色——他不是在隐匿个性，而是在展现不同个体的不同个性。他用不同的作者写出了不同的诗，而这些诗合乎作者的内心真实和声音真实。他在努力书写客观的诗。

我所说的"匿名的写作"，也不等于艾略特所说的"非个人化"。艾略特提出"非个人化"，是对浪漫主义写作者的滥情与个性夸张的矫正，从而使写作趋于真实、客观。诗人应该"不断地牺牲自己，不断地消灭自己的个性"，因为"艺术家愈是完美，他本身中，感受的人与创作的心灵愈是完全地分开；心灵愈能完善地消化和点化种种为它充当材料的激情"。他主张"寻找一个'客观对应物'"来表现情感，即强调具体经验的丰富性、客观事物的深刻性，这就比狭隘的个人生活中的情感更具有深度。按照艾略特的路径，诗人个体从文本中隐退了，只是作为诗歌写作者，在文本中将情感、经验与客观事物通通作为"材料"化为一炉而熔炼、冷却，诗歌写作变成了具有理性的技艺。当然，这也可能导致诗歌的工具化——看似客观的诗，暴露了诗歌写作者的代言倾向与公共性意图。

我强调的则是诗歌写作者应该与文学外部拉开距离，并对自我进行他者化审视。大众传媒加快了自我的他者化、个体的群体化。这一意义上的"匿名"，是剥离诗人的功利性写作目的，不管这样的目的是自觉的还是不自觉的。它要求诗歌写作回到人本身，回到个人生命本身，同时拒绝自我的他者化。诗的作者，是一个独立而鲜活的人，一个突破知识局限的人，一个警惕大众传媒时代的时光穿越者。

698

物理学家说不存在所谓的"正能量""负能量"。能量没有正负之分。《菜根谭》中所言"须从木落草枯之后，向声希味淡之中觅得一些消息"，乃全面的生命观：繁荣之时，枯败之时，都是生命的刹那；枯荣循环，生生不息；所谓大音希声，大象无形，即变化不止的生命规律。

699

诺贝尔文学奖获得者、墨西哥诗人奥塔维奥·帕斯说，诗处在变化之中，是变化，而不是发展。诗的语言形式是难以穷尽的，诗的变化体现在语言形式的变化，而诗的本体是永恒的、尽善尽美的。

700

一首伟大的诗，可以照亮同时代人的集体盲区。

701

与夏宏、柳宗宣谈及诗的声音。夏宏说到荷马，盲诗人是用声音写诗的，他用耳朵看见复杂的世界。我说到曼德尔斯塔姆，他在狱中写作，没有纸和笔，他的诗是在内心完成的，有机会则背诵给妻子，让她默记（他的妻子娜杰日达·曼德尔斯塔姆也有惊人的背诵能力），然后转录为文字。曼德尔斯塔姆自称是"用声音工作"。宗宣说到他自己的写作，始终是在找一个属于自己的语调。而我记得，米沃什曾说过，一个诗人可以有很多的声音，互相矛盾和互相冲突的声音拜访同一个诗人，那是"复调"的声音。

奥塔维奥·帕斯说，诗必须激起读者，迫使他去聆听自己。我的理解是，听见一首诗，就是听见自己的发问，听见世界的回音——之后，就是听见沉默，并领受到沉默的伟大。

702

诗歌可以离开文字吗？比如，使用多媒体语言？文学史上，有人尝试过图像诗、视觉诗，终究未成主流。诗歌不得不借助语言，文字是语言的记录形式，而声音是语言不可缺少的特质，声音保留了语言原始的生命。多媒体语言是现代的、强化了工具性的语言，只会削弱这种原始的生命。诗，是在口口相传中一次次增值的，每一次发声都是一次生命的吐纳。

703

诗是交谈，是聆听与说话的双重声音。

704

如果考虑到某种所谓的"诗歌规范"，写作无异于复制。

705

我们要接受语言的限制——语言的限制也是事实的限制。用具体的名称写出事物，用具体的细节写出事物的变化，而不是用抽象的概念、笼统的观念去追求什么思想的无限、意义的无限。在语言或事实的限制中，诗歌展示出真实的力量和隐秘的精神。

706

诗歌是一个让灵魂安顿下来的场所，也是一个让灵魂暴露自己的场所。

诗歌可以让灵魂得到安慰，也可以让灵魂感到不安。

707

庄子的话曾令人不安："今吾闻庄子之言，茫然异之。"（《秋水》）据庄子记录，楚狂接舆的话也是令人不安："肩吾问于连叔曰：'吾闻言于接舆，大而无当，往而不返。吾惊怖其言，犹河汉而无极也；大有迳庭，不近人情焉。'"（《逍遥游》）为什么令人不安？并非佯言诳语，故弄玄虚，实是异乎常人之见也。

令人不安，即令人从习以为常的局限与迷误中幡然醒悟，开始灵魂的转向。

708

佛经多用譬喻，佛经中还有以"譬喻"命名的《譬喻经》。《法华经》云"以种种因缘譬喻言辞方便力而为说法"，表明利用譬喻为众生说法，起于因缘，言辞方便。引譬取喻是发现事物之间的关联（因缘），目的是让众生以具体感受理解抽象佛法（方便）。

先秦诸子均以寓言的形式表达思想，善用譬喻，发人深省。佛经善用譬喻，亦是为了破除执念，寻求真言。

譬喻是一种说理论证的方式，或者说，譬喻就是寓言。《大智度论》云"譬喻为庄严议论，令人信着故"，譬喻论证的效果是令人信服。庄子《天下》篇说："以卮言为曼衍，以重言为真，以寓言为广"，学者曾昭式将此"三言"视为三种论证方式：一、"寓言"与譬喻论证。其特征是"藉外论之"。二、"重言"与引用论证。其特征是"借有见解、有才德之长者或先人的言论来论说"，即如《天下》篇所言"以重言为真"。三、"卮言"与事实论证。其特征是"事实陈述"。"万物皆种也，以不同形相禅，始卒若环，莫得其伦，是谓天均。天均者天倪也。"

庄子杂篇《寓言》："寓言十九，重言十七，卮言日出，和以天倪。"郭庆藩解释"寓言十九，重言十七"的意思是"寄之他人，则十言而信九矣。……世之所重，则十言而七见信"，即寓言的说服效果是"十言而信九"，其说来自郭象所注"寄之他人，则十言而九见信"。庄子所谓"藉外论之"，"外"指的是置身事外乃至世外，以出世之心公道之心远而观之。为什么要"藉外论之"？接下来，庄子说出了缘由："亲父不为其子媒。亲父誉之，不若非其父者也；非吾之罪也，人之罪也。与己同则应，不与己同则反；同于己为是之，异于己为非之。"人是难以公允对待异己的，也难以超越是非，这是人的局限。

"藉外论之"不仅是以此喻彼，而且是彼此对话。譬喻所营造的是一种对话情境，造境而会意，得意而忘言。庄子的寓言多采取对话形式而"莫若以明"，不执于一端，是一种诗性言说，是一种无碍神游，是形而上的无穷言说。

709

一个诗人在其诗歌作品中所呈现的形象是难以遮瞒的。

自我拔高不可，因为自我拔高是一种意识形态化的语言方式，生硬而虚假。

自我夸大不可，因为语言的限度即是认识的限度，你所描述出的任何物象，都反映了你所观看的视野和视角。

自我隐逸何如？自我隐逸似乎在追求精神上的安宁与自由，但是回避了现实与事实。一个理想人格难以取代活生生的生命本体。隐逸诗人的写作体现了个体意识的萌发，但最终泯灭了个性——所有的隐逸诗几乎是同一个人写的。

所以，我更偏于喜爱那些写"小诗"、写"小我"的诗人，那些不刻意美化自己的诗人，那些在自我启示中走出"小我"的诗人。

710

诗与非诗的边界在哪里？

不是知识与经验的边界（譬如，把诗写得太合乎情理，或者把诗写成了价值观读本）。但是，又如里尔克所说，"诗不只是情感，诗更多的是经验。"诗人的内在经验具有整体性，是对世界的整体性理解，从存在者中理解存在，由此产生"悲欣交集"的情感、"生死一如"的情感。

不是文体与语言的边界（譬如，把诗写得太像诗）。但是，又如布罗茨基所说，"诗是语言的最高形式"。言语的完成即是诗，诗的语言是纯粹的，或者说，诗与语言是合一的。海德格尔说：语言的本质是诗。

诗的边界是感受力与想象力的边界。或者说，诗是没有边界的，感受力和想象力可以无穷尽。诗人是敞开的言说者，诗的语言是打开隐秘与释放神奇的光。

711

诗的语言为何需要打破逻辑的规定？诗的意义趋向于无极限。

诗的语言为何又离不开逻辑？譬喻也好，起兴也好，反复也好，反讽也好，诗的语言总是试图寻求事物之间的相关性。同一也好，对立也好，诗致力于在事物中发现奥妙。

712

作为一个诗歌写作者，在思考诗歌与现实的关系时，就会想到德国美学家阿多诺说过的："在奥斯维辛之后，写诗是野蛮的。"

奥斯维辛的野蛮让阿多诺痛心疾首："奥斯维辛集中营无可辩驳地证明文化失败了。"所以，他理解，作为人类文化的精髓，诗歌失败了，诗歌是"漂亮的空话"。诗人对罪恶的见证与控诉何在？对人类失去良知的追问与忏悔何在？对人间巨大悲剧的预言与警示何在？

诗歌似乎如此软弱。诗人似乎如此冷漠。这种软弱与冷漠，阿多诺认为是野蛮的。不过，庆幸的是，还有策兰这样的诗人，写出了《死亡赋格曲》这样的诗歌。

在奥斯维辛之后，阿多诺认为，一个时代结束了，另一个时代开始了。人类应该结束对审美生活、诗化生活的虚幻想象，因为这样的想象是野蛮的——丝毫不能阻止任何真实的邪恶与荒谬。

但是，人类的反思真的能够开启一个负责任的文明新时代吗？如今，有很多学者认为，纳粹思想的出现不是偶然的，它恰恰放大了对极端理性的膜拜，放大了对伟大权力的臆想，放大了对绝对意志的假设，并由此产生了那么可怕、疯狂的罪恶。

诗歌的确是软弱的，乃至是无用的，正如善从不以自身为工具。

对理性和工具性的反思，让我们警惕任何把写诗变成功利行为的道德冲动，警惕任何淹没个人声音和忽视个体生命的外在强制。

713

阿多诺所说的"在奥斯维辛之后，写诗是野蛮的"，应该理解为"在奥斯维辛之后，回到在奥斯维辛之前的写诗是野蛮的"。他提醒，一个诗人应该不能忘记对历史的反思，对现实的诘问，对人类自身的审视。诗歌不仅是对未知的想象，对美好的召唤，对自由的向往，还应该如阿伦特所言，"重新反思人类行为和文明根基"，谨防"平庸的恶"。平庸的恶，就是缺乏思考力的恶，在集体顺从中失去自我的不负责任的恶。写诗，必须是独立的，通过独立的语言表达独立的生命存在，而不是通过公共语言表达某种模式化的意识形态。

714

写诗时必然专注，专注于内在与外在的统一性，专注于寻求诗、语言、思的统一性。专注，亦可理解为静观与沉思、创造与自足。

715

里尔克在《给一位青年诗人的十封信》之第七封中写道："寂寞地生存是好的，因为寂寞是艰难的；只要是艰难的事，就使我们更有理由为它工作。爱，很好；因为爱是艰难的。以人去爱人；这也许是给予我们的最艰难、最重大的事，是最后的实验与考试，是最高的工作，别的工作都不过是为此而做的准备。"他提示，要专心致志地学习爱，爱是去完成一个自我的世界，是从寂寞与艰难中寻得一条道路，而不是"在任何浅易和轻浮的游戏中失掉自己"。

亚里士多德在《尼各马可伦理学》中写道，一个勇敢的人"承受这些痛苦并非是出于意愿：他肯承受它们是因为这样做是高尚而美好的，不这样做是卑贱的。而且，他在德性上愈完善，他所得到的幸福愈充足，死带给他的痛苦就愈大。因为，他的生命最值得过，而他又将全然知晓地失去这最大的善，这对他必定是痛苦的。但是他的勇敢并不因这痛苦而折损，而且也许还因此而更加勇敢"。承受痛苦、勇于牺牲是理性的实践智慧，是德性的美好，是爱自己而求至善。

苏东坡《和陶西田获早稻》诗："早韭欲争春，晚菘先破寒。人间无正味，美好出艰难。"与亚里士多德的悲剧审美观不同，苏东坡所言的"美好出艰难"是一种东方式的旷达乐观，安然自处，怡然自乐，不假外求。宦海浮沉，垂老投荒，一家衣食渐窘，天下大道久分，人生际遇如此而能感到美好，因为始终自性光明。亚里士多德说，个人的幸福在于个人能根据美德（virtues）实行善的生活，将人类灵魂的功能发挥到极致，使生活获得尽善尽美的表现（excellence），因而能享有成功（successful）、完满（perfect）、丰富（flourishing）的人生。艰难困苦，乃丰富、向善之人生也；而玉汝于成，乃成功、完满之人生也。"艰难困苦，玉汝于成"，二者无所谓因无所谓果，无所谓内无所谓外，修证不二，因果一如，内外无碍，本心不失。

716

离开诗，也就是放弃了最本真的精神生活。读诗，写诗，学诗，如宗白华所言，"诗人的文艺，当以诗人个性中真实的精神生命为出发点，以宇宙全部的精神生命为总对象。文学的实现，就是一种精神生活的实现。"这种生命诗学观、宇宙诗学观，乃东方之天人合一观、万物有情观、道始于情观。

717

"诗言志"者，言志为本。诗如此，文亦如此。刘熙载《艺概·文概》所言"文不同而志则一"，强调"文""志"不离，"文"的变化须源于"志"，反之，一味追求"文不同"而离心弃志、无病呻吟，诡巧投机，败坏"诗""文"也。求"不同"乃出于"独抒性灵，不拘格套"（袁宏道语）之需要，有真性情流出则不会流于俗言鄙语，不拘格套而自见格调也。灵魂受了太多束缚，语言上必不得自由。灵魂若是空洞无主，语言上必装神弄鬼。

718

博尔赫斯说："阅读就是抛弃虚伪的自我，并在或长或短的阅读过程中假想接纳异己或另一个自我。在阅读和性爱中，我们融化成了更深远的、匿名的自我。"

他又说："没有人本质上是某个人：任何人在任何时刻，都可能是别的任何人。"

或者可以理解为：在阅读和性爱中，我们成为别的任何人，那即是匿名的自我。

719

诗人对于诗歌所要做的只是交出全部的自我，或者是，成为另一个自我。

720

诗需要确定，虽然诗指向不确定。所谓确定，是辨识，是确认，是正见，是怀疑之后的信心。德国哲学家、美学家鲍姆嘉敦提出，"只有混乱的（即感性的）但是明晰的观念才是诗的观念"。诗通过具体事物、真实事物而表达观念，并获得普遍意义。

721

诗人总是给未来写信。即使是给过去写信，也是寄往未来。

722

戏谑、反讽、打破能指—所指，不能替代独白、祈祷、安放每一个词。前者是怀疑、消解，后者是信念、救赎。

723

诗歌相信的是奇迹。是超乎想象的真实。是从不确定到确定。是无中生有。

724

诗歌不是对客观的复制或模仿，不是图像或拟态。诗歌是对自身的创造与肯定，诗歌突破客观的有限性、经验的有限性，又穿过客观事物和经验来通向一切未知的可能，通向先天的秩序，通向存在的意义。

725

诗的内在逻辑也就是诗的内在目的：突破一切束缚而成为诗自身。

看见那不可看见的，理解那不可理解的，说出那不可说出的：诗的自由，就是跨过这临界点而打开了新的空间。

726

直觉，还是反观？以心观之，还是以目观之？诗人的观物方式，在于有我还是无我。有我之观，受视角、经验、事理所限，超越不得现实。无我之观，则可能别具慧眼，发现新的天地。譬如幼童，不知恐惧，不得厌烦，不会赞美，不解文化，唯有惊奇之感，绝无虚假之意。

727

所谓反思，即对思考的思考。诗从不代替我们思考，而是启发我们思考，启发我们在思考中与不可见的事物联系起来，启发我们在思考中打破思考的执着，启发我们思考到我们并未思考的问题，启发我们发现新的思考方式。诗是引起我们反思的活动。

728

何谓与诗神之相遇？正如与星星之相遇。我们发现了星星，却不能触及它。我们在这一个星球上，我们的思想和情感却能够到达另外一个星球上。

729

我们能揭示自己的内心吗？我们能隐藏自己的内心吗？显然，近乎不可能。也就是说，一个诗人的写作，始终和其内心相关，但永远难以穷极内心，这就是写作的神秘性。为了探究这种神秘性，就不必自误于所谓个人风格，所谓独门技艺。诗艺的复杂性正是内心的复杂性，而不是语言的复杂性。

730

一个诗人最可贵的品质，是对读者的信任。

只有蹩脚的诗人才会考虑到读者是否会不懂、是否会误读、是否会不读其作品之类的伪问题。

731

诗是具有诗心的人理解世界的一把钥匙，正如对于基督徒而言，一切事物皆在关联于基督之下被理解。诗无时无处不在，而我们所见证的诗，既有无穷无尽的面相，又有高度一致的精神——我们所受到的诗的启示也是如此，既是多元的，又是共同的。

732

诗打破一切界限。然而，一个诗人却需要在辨知人间明明暗暗的界限之后才写得出好诗。辨知人间明明暗暗的界限，识破形形色色的机心，方可辨知人性、物性，既不为物性所役，亦不屈物之性；不舍己求人，亦不奴人悦己。不再视他者为对象，不再视事物为对象，舍弃功利心，才能打通自我与外在的界限，建立诗性的审美观念。

733

以物观物，在古代汉语诗歌中别具审美意味。以王维的诗句为例，"月出惊山鸟，时鸣春涧中"，山鸟观月出而惊鸣，月出之动竟然惊扰山林之静，微妙至极！又如，李白的诗句"相看两不厌，唯有敬亭山"，几乎就是西方现代主义所谓的"零度写作""客观诗"，语言克制冷静，将情感、理性收起来，只凸显了自然、存在。王国维将此称为"无我之境"，他说："无我之境，以物观物，故不知何者为我，何者为物。""无我"，其实还是"有我"，只不过是"我"的自觉消隐，对世界的有意还原。正如孟子所言，"万物皆备于我矣"。"我"即本性，人之本性与物性的平等对话、和谐交融就是道的言说。"相看两不厌"，是一种无穷无尽的愉悦，合乎德性的美好。

所以，接下来孟子说："反身而诚，乐莫大焉。"其中之乐，堪为至乐。万物皆备于我，乃得反身而诚之乐，至性至情之乐。北宋邵雍《观物论·内篇》曰："以物观物，性也；以我观物，情也。"按王国维的说法，以物观物是自我消融的愉悦，物我无碍，物我无异，物我一体。《礼记·中庸》云："诚者，物之终始。不诚无物。"没有真诚，何观物性？何解物语？何知物存？再问下去：何以诚？"反身而诚"，反身即返回本性，消除成见与执念，追求内心的自由。孟子又说："是故诚者天之道也，思诚者人之道也。"

　　如果批评一首诗"言之无物"，则是彻底否定这首诗了。不真不诚，物何以存焉？诗中有物，物语自言，是一种天真、一种美好。西方意象主义诗人威廉·卡洛斯·威廉斯的小诗《红色小推车》，没有典故，没有阐释，没有修辞，几乎去掉了一切虚饰，只剩下清晰、简单的事物，物在物境中"说话"。这首诗引来无数赞叹，可见，一首美妙的好诗自有其普遍的标准。

734

　　以我观我，亦为诗意，亦为乐趣。李白《月下独酌》："花间一壶酒，独酌无相亲。举杯邀明月，对影成三人。月既不解饮，影徒随我身。暂伴月将影，行乐须及春。我歌月徘徊，我舞影零乱。醒时相交欢，醉后各分散。永结无情游，相期邈云汉。"这首诗是"我"与自己的身影、与月亮的互相观照，在品味孤独中自有一番此时之"交欢"，"及春"之"行乐"，孤独而不独。最后，寄望于"永结无情游"，这是永恒的对话，是"无情"之"交游"，因为"无情"而可"永结"知己，而"游"于"云汉"，邈无际涯，乐无穷期。再如"苏子与客泛舟游于赤壁之下"，这里虚拟之"客"，实乃东坡居士自己。苏子与客的问答，明晓了"天地之间，物各有主，苟非吾之所有，虽一毫而莫取。惟江上之清风，与山间之明月，耳得之而为声，目遇之而成色，取之无禁，用之不竭。是造物者之无尽藏也，而吾与子之所共适"的至乐，故得大欢喜、大自在，破除了对有限性的迷思，忘记了时间的流逝，"不知东方之既白"。

735

当代有赵丽华模仿威廉·卡洛斯·威廉斯，网络上称赵写的诗为"梨花体"。诗本无功用，"两个黄鹂鸣翠柳，一行白鹭上青天"不也是废话吗？然而，废话不一定是诗。赵诗有时并未如威廉·卡洛斯·威廉斯的作品那样注重诗性，反而故意解构诗性。譬如，赵丽华的"代表作"《一个人来到田纳西》："毫无疑问/我做的馅饼/是全天下/最好吃的"。《我坚决不能容忍》："我坚决不能容忍/那些/在公共场所/的卫生间/大便后/不冲刷/便池/的人"。只有主观的议论，虽然文本与读者的阅读期待、阅读习惯形成了疏离，但并未脱离俗套——即对网络时代众声喧哗中获得"注意力"的媚俗，对无聊的刻意拔高。其中或有深意，如赵丽华本人称之为对传统的诗意写作的"消解"，体现了我想怎么写就怎么写的自我赋权，可是，这样的解释只是展示了作者的写作姿态，更像是一种期待被"围观"的行为艺术（赵丽华本人称其效果为"对中国现代诗歌从小圈子写作走向大众视野可能算是一个契机"，表明了她"走向大众视野"的社会学意义上的目的性）。作为"废话"的诗的语言是自性光明的，并不否定意义、否定形而上。当作者意图大于文本意义，这样的写作就值得警惕了。

不过，赵丽华的写作向我们提出了一个问题：诗歌写作是"小圈子写作"吗？或者说，诗的趣味是"小圈子趣味"吗？

东坡居士在《赠诗僧道通》一诗中提出，诗贵无"蔬笋气"。愚见以为，"蔬笋气"就是"小圈子趣味"之一种。东坡全诗云："雄豪而妙苦而腴，只有琴聪与蜜殊。语带烟霞从古少，气含蔬笋到公无。香林乍喜闻蒨卜，古井惟愁断辘轳。为报韩公莫轻许，从今岛可是诗奴。"关于无蔬笋气，苏东坡自注"谓无酸馅气也"。后人常以有无"蔬笋气"为评论僧诗的标准，可见此说流传甚广。"蔬笋气"的实质，是一种习气、流弊。所谓习气，与身份认同有关。作诗的僧人自我设限，意象多数重复，语言缺少变化，题材未免狭隘，诗境不够开阔，每作诗必钻进"禅语"的套子里，一看即为僧人所作。所谓流弊，就是语言俚俗鄙陋，互相模仿克隆，少见个体感受，"矫同"而失真趣。

晚清诗人、学者林昌彝在《射鹰楼诗话》中说："诗有烟火气则尘，有脂粉气则纤，有蔬笋气则俭。"俭，即缺乏丰富性。和尘嚣之凡俗、纤柔之媚俗一样，格调不够高雅。所谓高雅，并非不近人情，亦可以俗中见雅，如齐白石自谓其画作有"蔬笋气"，白石的"蔬笋气"却是清新自然、鲜活灵动的生气、雅趣。

烟火气也好，脂粉气也好，蔬笋气也好，再如当今所谓的"公知"气也好，"草根"气也好，都是"小圈子趣味"。打破"小圈子趣味"，在于超越社会身份、社会观念，脱离习气与流弊，摒弃小气，不落程式，如此，则无写作焦虑。

737

沈德潜《说诗晬语》卷下七十一称赞"王右丞诗不用禅语，
时得禅理"。一首禅诗之中无禅语，方见妙趣。有禅语还是未破
除语言障碍，不足圆融。所谓即心即佛，真的禅悟不需假于某些
特定的意象（如：云、水、月、钟……）、概念（如：定、空、
静、无……），而是可以随时取譬，举物见心，佛的智慧在任意
事物之中。所谓不隔，就是物我相契，没有语言之隔。

738

关于现代诗的晦涩，我想说到人性中的晦暗、复杂、不可
理喻，甚至我想说到人性中的恶。何以看待恶？为什么黑格尔
说"恶是历史发展的动力借以表现的形式"？黑格尔阐释：
"恶的根源一般存在于自由的神秘性中，即自由的思辨方面，
根据这种神秘性，自由必然从意志的自然性走出，而成为与意
志的自然性对比起来的一种内在的东西。"黑格尔是从社会发
展史的角度来看待人之为人乃从自然人而成为社会人，人之为
人的动力乃是恶。恶是人对自由的想象与满足，是一种内在的
必然。而在通往自由的路上，人不断认识必然和超越必然，不
断否定自己与超越自己，也不断重新定义道德标准。恩格斯也
说过："自从阶级对立产生以来，正是人的恶劣的欲望——贪
欲和权势欲成了历史发展的杠杆。"历史的合理性与道德的不
合理性一直这样并存，但这并非意味着恶的积重难返与历史的
循环往复，历史发展应该是超越性的，进入新的历史语境下，
人对道德的反思可能导致对善与恶的思辨更为深入，对文明的
要求更为提高。诗歌对于社会历史的观照，对于人性的观照，
越是深入也就越是超越于非善即恶的二元对立式价值判断。在

这个意义上说，晦涩的诗乃是洞悉人性的诗，是具有思辨力的诗，是用社会发展的眼光打破僵化道德标准而探究自由的诗。

739

关于现代诗的晦涩，艾略特认为与现代文明的多样与复杂有关。在《玄学派诗人》（The Metaphysical Poets）一文中，他说："我们的文明变得极其多样和复杂，这种多样性与复杂性，经由诗人细致的感受力，产生了多样与复杂的结果。"诗人将更多的人类经验和知识成果入诗，将个体的多样而复杂的内心感受入诗，不断寻找新的、复杂的"客观对应物"。接着，他说："诗人必须变得更加包罗万象，更加隐晦，更加间接，以逼迫语言，必要时打乱语言，使它成为自己所要说出的东西。"诗的写作目的，即是黄庭坚所说的"己意为诗"，不需迁就读者。同时，诗人需要打破陈旧的语言机制、工具化的语言规则，通过新的语言去寻找真实的自我。诗人的表达更为主观，诗歌的趣味更加形而上，诗之意象不再指向单一的事物或具体的所在，诗之思偏于包容性、质疑性和不确定性。在这个文明变得极其多样和复杂的世界里，如果再要求一首诗体现出什么"中心思想"，实在是有些可笑了。对于读者而言，可以通过诗来感悟、体会世界，通过诗来引发自我启示，而不可通过诗来获得判断和结论。

740

关于现代诗的晦涩，我还想说到意义的漂泊。无根的现代人，四处漂泊，找不到自己，找不到确定的价值体系，找不到家园。现代诗人找不到词根，找不到语言之家，所以其写作是从漂泊到漂泊，难以通达。海德格尔提出，要让现代人归家。

继尼采提出"上帝之死"之后，福柯提出了"人之死"。尼采和福柯均否定了现代理性，或者说，均洞察了现代理性的限度。福柯接着尼采的思考，认为有人格统一性的先验主体并不存在。在福柯看来，现代人的主体性是建立在现代理性或现代知识型的基础上的，这只是一个历史的产物。随着现代知识型的崩塌，这个主体性便不复存在。而海德格尔认为，所谓的现代性，即是对技术理性的迷信，对存在的遮蔽和遗忘，所以现代人就置身荒芜、黑暗、虚无之中，无家可归。海德格尔反对将人作为主体性而将主客体对立、将存在与存在者混同的形而上学的人道主义。

海德格尔把人定义为"此在"，此在的本质是返回存在（此在没有主体的意义），建立存在的本源性的意义。海德格尔说，"存在在思想中汲于语言，语言是存在之家，人居于语言的居所中"。思是存在之思，语言是存在的显示与敞开。真正的语言是对存在的言说，是语言本身，是诗。诗性语言不是对象性的语言，不是工具性的语言，是存在居于其中的语言。人在"被存在的要求"中本真地生存，"沐浴着存在之光或者承蒙存在的开拓"，"进入存在的真理"。换而言之，此在受到存在之光的关照（care），此在要领悟存在，回归存在，守护存在。此在之回归存在，便是归家与返乡。

迷失于现代性的现代诗，如何回到存在的意义中？如何回到语言的澄明中？虽然海德格尔指出了归家之路，但是，在这个被物化、被技术宰制的世界上，诗人要想本真、超然地归家，何其难也！

741

周之琦评李后主词，曰"予谓重光，天籁也，恐非人力所及"。冯煦评姜白石词，曰"天籁人力，两臻绝顶"。"天籁"与"人力"，是决定作者写作的艺术性的内在因素。

此说来自袁枚《随园诗话》卷五："作古体诗，极迟不过两日，可得佳构；作近体诗，或竟十日不成一首。何也？盖古体地位宽余，可使才气卷轴；而近体之妙，须不着一字，自得风流；天籁不来，人力也无如何。今人动轻近体，而重古风，盖于此道，未得甘苦者也。叶庶子书山曰：'子言固然。然人功未极，则天籁亦无因而至，虽云天籁，亦须从人功求之。'知言哉！"袁枚并没有简单地认为"天籁"与"人力"有高下之分，而是认为二者有紧密关联：天籁不来，人力也无如何；人功未极，天籁无因而至。

成语"神乎其技"或可解为："技"为"人力"，"神"为"天籁"。

唐陆龟蒙《奉和因赠至一百四十言》："唱既野芳坼，酬还天籁疏。"清方文《宋遗民咏·吴子昭雯》："尤喜诗与歌，声出似天籁。"将诗歌比作天籁，是人们对诗歌的美好境界的期望与向往。南宋陆游《文章》："文章本天成，妙手偶得之。粹然无疵瑕，岂复须人为。"天成之作是纯粹的，只可妙手偶得，不可刻意人为。这些文学观念，都接近袁枚的"天籁""人力"之说，不过，袁枚的说法更真切地揭示了创作规律。

在西方，古罗马的贺拉斯在《诗艺》中写道："苦学而没有丰富的天才，有天才而没有训练，都归无用；两者应该相互为用，相互结合。"或者可以说，训练来自诗人的理性，而天才则来自诗人的直觉。诗应该是二者的结合。只有训练，必然缺乏创造，缺乏自由；迷信天才，则易致粗疏、草率。

742

为什么不把游戏当作是庄严的呢？

诗是一种游戏，产生于席勒所说的感性冲动与形式冲动相结合的游戏冲动。席勒说，只有当人在充分意义上是人的时候，人才游戏；只有当人在游戏的时候，才是完整的人。

形式冲动是理性的"人力"，感性冲动是神奇的"天籁"。

席勒将美视为可以观照的形式，亦视为可以感知的生命。"人力"何为？形式观照；"天籁"何在？生命感知。

743

诗与我们同在。此时诗与我们同在，过去、未来亦然。诗，贯通过去、现在、未来。今天，我们读《诗经》读《荷马史诗》，感受到的诗意一如既往，明天，这样的诗意仍将延续。诗，超越于时间，超越于给定的意义，超越于文化和历史。

后 记

乙未初春，老友夏可君博士来甬讲学，其间谈及若干诗歌写作心得。可君兄建议我把此类想法记录下来，可参照德国浪漫派的施勒格尔写一些诗学断片。

尼采的《查拉图斯特拉如是说》、维特根斯坦的《文化和价值》也都是断片。断片是一种始于古希腊的重要文体，真知灼见，吉光片羽，闪烁着自由思想的火花。中国古人的诗话，或亦可视为断片。

受可君的启发和鼓励，我开始写下这些文字，得之于冥思、观物、读书、交谈、写诗、游历等各种精神活动。随手记下，没有顺序，不成体系。乃保持其本来面貌，不另编排。这些断片，从我狭隘的思想裂缝中而来，从诗歌语言的空白之处而来。其中或以陋见、偏见、谬见为多，亦难免前后不一甚至自相矛盾，难免含混不清抑或词不达意。唯一可慰的是写作态度始终一丝不苟，这是个接受启示和自我启示的严肃过程。期间，葛体标博士多次赐教、敦促，并赠我施勒格尔的《雅典娜神殿断片集》，在此致敬。本书引文较多，为了不影响阅读流畅性，就不加注释了。同事周真渝帮助核查引文，费力颇多，谨申谢忱。

丙申岁末，听蛙室
戊戌芒种后三日再改

图书在版编目（ＣＩＰ）数据

听蛙室笔记 / 袁志坚著. -- 武汉：长江文艺出版社，2018.10
ISBN 978-7-5702-0512-7

Ⅰ. ①听… Ⅱ. ①袁… Ⅲ. ①随笔－作品集－中国－当代 Ⅳ. ①I267.1

中国版本图书馆 CIP 数据核字(2018)第 130347 号

责任编辑：谈　骁　胡　璇
封面题字：袁志坚　　　　　　　责任校对：陈　琪
封面设计：江逸思　　　　　　　责任印制：邱　莉　　王光兴

出版：　长江出版传媒　　长江文艺出版社

地址：武汉市雄楚大街 268 号　　　邮编：430070
发行：长江文艺出版社
电话：027—87679360
http://www.cjlap.com
印刷：武汉市福成启铭彩色包装印刷有限公司

开本：880 毫米×1230 毫米　　1/32　　印张：8.375　　插页：4 页
版次：2018 年 10 月第 1 版　　　　2018 年 10 月第 1 次印刷
字数：173 千字

定价：46.00 元